藏書

珍藏版

唐詩宋詞元曲

于立文 主编　孪金龙 编

选编

柒

辽海出版社

夜半乐

冻云黯淡天气①，扁舟一叶，乘兴离江渚。渡万壑千岩，越溪深处②。怒涛渐息，樵风乍起，更闻商旅相呼。片帆高举。泛画鹢、翩翩过南浦③。望中酒旆闪闪，一簇烟村，数行霜树。残日下，渔人鸣榔归去。败荷零落，衰杨掩映，岸边两两三三，浣沙游女。避行客、含羞笑相语。　　到此因念，绣阁轻抛，浪萍难驻。叹后约丁宁竟何据。惨离怀，空恨岁晚归期阻。凝泪眼、杳杳神京路④。断鸿声远长天暮。

【注释】

①冻云：厚厚堆积的云层。将要下雪。

②越溪：此处指位于浙江绍兴南的若耶溪，春秋时，越国美女西施曾于此溪浣纱。

③画鹢：绘有鹢鸟的船。鹢为一种能高飞的水鸟，古人绘之于船头以图吉利。此处画鹢泛指船。南浦：南边的水面。

④杳杳：遥远。神京：指汴京。

【赏析】

这首词共分三片，正如许昂霄所云："第一片言道

唐诗宋词元曲

途所经，第二片言目中所见，第三片乃言去国离乡之感。"层次是非常清晰的。全词以叙事手法客观铺陈，前两段均未表现词人主观愁情，仿佛在无意中引出久积于心底的惨愁，又突以长空渐远的离群孤雁之哀声收笔，余音绵延，离愁无穷。

玉蝴蝶

望处雨收云断，凭阑悄悄，目送秋光。晚景萧疏，堪动宋玉悲凉。水风轻、蘋花渐老①，月露冷、梧叶飘黄。遣情伤。故人何在，烟水茫茫。　　难忘。文期酒会，几孤风月，屡变星霜。海阔山遥，未知何处是潇湘。念双燕、难凭远信，指暮天、空识归航。黯相望。断鸿声里，立尽斜阳②。

【注释】

①蘋花：白蘋之花。白蘋似浮萍而大，开小白花。

②立尽斜阳：身立斜阳之中，直至斜阳消失。

【赏析】

这是一首抒写秋天雨后思念故人的慢词。描写了作者悲秋怀人的情愫。此词在整体构思上有一种朦胧的深愁，没有具体的人物活动描写。联系词中"故人何在，烟水茫茫"，及"未知何处是潇湘"句意推测，"故人"似指屈原。那么这首词应别有寄托，或是词人晚年感士不遇的悲秋之叹。"水风轻"四句，形象密集，色彩鲜明，突出"萧疏"秋景而触动离思；"念双燕"四句，生活细节写得生动逼真，暗用唐人诗词句意，对倾诉悲秋怀人起到以少胜多的效用。歇拍"断鸿声里，立尽斜阳"启人联想，境界凄寂而寥廓。

八声甘州

　　对潇潇、暮雨洒江天，一番洗清秋。渐霜风凄紧，关河冷落，残照当楼。是处红衰翠减，苒苒物华休。惟有长江水，无语东流。　　不忍登高临远，望故乡渺邈，归思难收。叹年来踪迹①，何事苦淹留②。想佳人、妆楼颙望③，误几回、天际识归舟。争知我、倚阑干处，正恁凝愁。

【注释】

　　①年来踪迹：多年来四处漂泊。

　　②淹留：滞留。

　　③妆楼：闺阁。颙望：抬头凝视。

【赏析】

　　这首词是游宦他乡，暮秋怀归之作。这是柳永写羁旅失意的代表作之一。上片铺写深秋景象，创造出骤雨后的江静、风紧、残照的晚秋环境。语言典雅，境界衰飒，荒寒凄寂中呈现苍凉的悲剧美感色彩。"霜风"三句，以领字"渐"导引，演示出时间之推移并展开空间的深度和层次。"长江水无语东流"更增无穷伤感，耐人寻味。下片直抒牢落乡愁。"叹年来踪迹，何事苦淹留"沉痛、悔恨，浸透作者对人生价值重新审视后的心酸。"想佳人"数句，叹己之飘泊，以悬想对方之思我比照，相思不致落空，感情缠绵悱恻。思妇几次把别人的船只错认为是丈夫的，几至神魂错乱。此种盼望丈夫归来入痴入迷的执著，具有特殊的感染力和表现力，是词人活用陈句，翻出新意的独创性的表现。前段景语秀雅，后段情语俚俗，亦可见其词雅俗共赏的特色。

迷神引

　　一叶扁舟轻帆卷。暂泊楚江南岸①。孤城暮角，引胡笳怨②。水茫茫，平沙雁、旋惊散。烟敛寒林簇，画屏展③。天际遥山小，黛眉浅。　　旧赏轻抛④，到此成游宦。觉客程劳⑤，年光晚。异乡风物，忍萧索、当愁眼。帝城赊⑥，秦楼阻，旅魂乱。芳草连空阔，残照满。佳人无消息，断云远⑦。

【注释】

①楚江：长江中下游一带，因位于古楚国之地，故称为楚江。

②胡笳怨：胡笳为北方少数民族乐器，吹奏时发声悲凉，故南朝庾信《拟咏怀》诗云："胡笳落泪曲，羌笛断肠歌。"

③画屏展：指以上的景物如画屏展现在面前。

④旧赏：往日的赏心乐事。

⑤客程劳：旅途疲惫。

⑥赊：远。

⑦断云：孤云。

【赏析】

这是一首行役思乡之作。上片用白描的手法勾勒出楚江傍晚水光接天、烟敛寒林、远山淡淡的自然美景，这是旅途所见。下片抒写羁旅之思，直抒胸臆，表达了对长年游宦在外的极度厌倦和痛悔心理。

另外，此作的对句锤炼而自然流畅，增强了作品的音乐感和情韵美。

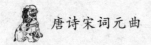

竹马子

登孤垒荒凉①，危亭旷望，静临烟渚②。对雌霓挂雨，雄风拂槛③，微收烦暑。渐觉一叶惊秋，残蝉噪晚，素商时序④。览景想前欢，指神京⑤，非雾非烟深处。向此成追感⑥，新愁易积，帮人难聚。凭高尽日凝伫。赢得消魂无语⑦。极目霁霭霏微，暝鸦零乱⑧，萧索江城暮。南楼画角，又送残阳去。

【注释】

①垒：小土堆。

②烟渚：笼罩着雾气的小洲。

③雄风：与雌霓相对而言。又宋玉《风赋》："清清冷冷，愈病析酲，发明耳目，宁体便人，此所谓大王之雄风也。"

④素商：指秋天。时序：四季按序变迁。

⑤神京：京城。

⑥追感：追忆，感慨。

⑦赢得：落得，剩得。消魂：伤感。

⑧暝鸦：暮鸦。

【赏析】

　　这是一首临秋景、怀友人之词。通过登临怀感，抒发孤独忧伤的愁绪，寄托一种美人迟暮、前途无望的悲慨。上片写初秋雨后凄凉，残蝉噪晚，作者登高望远，观景生情，不由地追忆往昔在京城的欢乐。下片感叹自己愁怀难遣，故友难聚，又正值秋晚，暮鸦飞鸣，残阳西落，江城萧索更令人感伤。此作写景抒情，措辞雅丽，善用故实，表现了词人高雅的文化修养和善于借景言情的深厚功力。

范仲淹

　　范仲淹（989～1052），字希文，吴县（江苏苏州）人。大中祥符八年（1015）进士。累官枢密副使、参加政事（副相）。宋仁宗时曾去西北守边数年，西夏不敢犯境。是当时主张改革的著名政治家。有《范文正公诗余》一卷，收《彊村丛书》中。其边塞词《渔家傲》天北宋豪放词先声。其散文《岳阳楼记》为中国古代游记散文之圭臬。

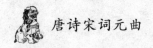

苏幕遮

碧云天，黄叶地，秋色连波，波上寒烟翠。山映斜阳天接水，芳草无情，更在斜阳外。黯乡魂①，追旅思②，夜夜除非，好梦留人睡。明月楼高休独倚，酒入愁肠，化作相思泪。

【注释】

①黯乡魂：因思乡而黯然伤情。

②追旅思：羁旅的愁思缠绵不断。追，紧随。

【赏析】

此词写游子秋天思乡怀人的感情，以词笔婉丽，造语新警为人称道。上片写景，清丽明洁，渺远苍茫，透橱几分萧瑟、几分凄凉。景象设色构图，亦极见画工之妙。碧云、黄叶，寒波、翠烟，绿草、红日，由近而远，由地而天，由水而云……把人们的情绪牵引向无线的自然空间，妙在空灵悠远。

下片抒情，柔媚哀婉，情辞真切，旅途万般思绪缠绕，愁不能入睡，只得求诸"好梦"安眠，百无聊赖的境况可知；欲借酒浇愁，酒入愁肠反而化作相思悲泪涌流，陡增浓愁。

御街行

　　纷纷坠叶飘香砌①。夜寂静，寒声碎②。真珠帘卷玉楼空③，天淡银河垂地④。年年今夜，月华如练⑤，长是人千里⑥。　　愁肠已断无由醉⑦。酒未到，先成泪。残灯明灭枕头欹⑧，谙尽孤眠滋味⑨。都来此事，眉间心上，无计相回避。⑩

【注释】

　　①香砌：即香阶。落花堆阶，阶染花香，故称香阶。

　　②寒声碎：意即凉风吹打着落叶，发出了轻微、细碎的声音。碎，指声音微弱而又时断时续。

　　③真珠句：意即珍珠制的帘子卷起了，楼阁里却空荡无人。真珠：珍珠。　玉楼：华美的楼阁。

　　④天淡句：意即无色清明，长长的银河好像一直斜

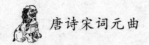

垂到地上。

⑤月华：月亮的光华。　如练：像洁白的丝绢。

⑥长是：总是。

⑦无由：即无法。

⑧残灯句：意谓深夜里微弱的灯光忽明饭暗，人不能入睡，头斜靠在桃上。　敧：斜侧。

⑨谙尽：尝尽。谙，熟知。

⑩都来三句：意谓都是为这相思之苦，双眉不展心头愁闷，无法排遣。

【赏析】

此词的上片为感秋。开头"纷纷"三句，特感秋声之刺耳。因夜之寂静，故觉香砌坠叶，声声可闻。"真珠"五句，特觉秋月之皎洁。因见明月而思及千里之外的亲朋，更合况年年今夜，莫不如此，令人愈难为情。

词的下片为抒愁。过片"愁肠"以下三句，写愁肠史在举酒未饮之时；"残灯"二句，写愁眠只在残灯敧枕之际；"都来"三句，写愁思只在心上眉宇之间，纯用白描手法，而能得其神韵。

渔家傲

塞下秋来风景异①，衡阳雁去无留意。四面边声连角起。千嶂里②，长烟落日孤城闭。浊酒一杯家万里，燕然未勒归无计。羌管悠悠霜满地③。人不寐，将军白发征夫泪。

【注释】

①塞下：边塞。

②嶂：像屏障一样的山峦。

③羌管：笛子。

【赏析】

这是范仲淹任陕西经略副使兼知延州（今陕西延安市）的词作。是北京第一首边塞题材的作品。也是宋代最早表现军旅生活的词作。上片写景。首句顿入，起调突兀，俊骨雄气，已自夺人。"雁去"而"无意"久"留"之地，极写边地艰苦。"四面边声"已属萧瑟，又添紧张气氛。千峰连亘如屏障，一座孤城，日未落而城门紧闭。也突出布防将士的备战警惕。下片抒情。"一杯"、"万里"为句中对，极写处边关而念家乡的悲苦，

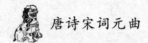

欲借酒消愁已不能"燕然未勒"用典故表达将士功业未立，无计归家的责任感，披露爱国衷肠。念家、报国的矛盾，正是"人不寐"的原因。"羌管"、寒"霜"与"将军白发"及"征夫泪"相互发明，将"塞下"秋景之"异"再作一点染，强调"将军"与"征夫"之悲苦，悲中寓壮，不愧苍凉感慨的豪士之伟词。这首词与绮罗香泽的婉约派旨趣迥异，却是开启了苏辛豪放词派的先声。

宋　祁

　　宋祁（998～1061），字子京，开封雍丘（河南杞县）人。天圣二年（1024），与兄庠同举进士，累迁龙图阁学士、史馆修撰，修《唐书》。后迁左丞，进工部尚书，拜翰林学士承旨。有《景文集》存《永乐大典》。善诗文，词风疏俊。

玉楼春

　　东城渐觉风光好，縠绉波纹迎客棹①。绿杨烟外晓寒轻，红杏枝头春意闹。　　浮生长恨欢娱少^②，肯爱千金轻一笑。为君持酒劝斜阳，且向花间留晚照^③。

【注释】

①縠绉：带有绉褶的纱，此处用以形容水波。

②浮生：短促的一生。

③晚照：夕阳的余光。

【赏析】

原题作《春景》。当时即是广为流传的名篇。上片从动态着笔写早春风光，表现满目春色的诗情画意。"红杏枝头春意闹"为人艳称。词人因此而被称为"红杏尚书"。这一"闹"字，才使得春意春花仿佛有了知觉，像躁动的人群，万头赞动，读者从诗的境界，不仅可看到杏花怒放，还似乎听到花骨朵绽苞开放时的喧哗，把红杏盛开的景象写得有声有色，表现出词人创造性的思维。王国维因而认为"著一'闹'字而境界全出。"（《人间词语》）。下片抒发人生忧多乐少的悲哀，表现珍惜晚景、留恋生活的情愫。全词以春光的美好象征人生青春年华的可贵，将自然与社会人生对比，抒发时不我待、美人迟暮的悲愁。语言秀美，节奏清新。上片运用通感手法，化视觉印象为听觉，将繁丽的春色点染得十分生动。

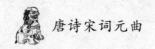

王安石

　　王安石（1021～1086），字介甫，号半山，抚州临川（今江西抚州）人。出身于儒学仕宦之家，青少年时代随父官游四方，对社会有一定的接触和了解。仁宗庆历二年（1042）进士。历任鄞县知县、常州知府、江西提点刑狱等。仁宗嘉祐三年（1058）上万言书，主张政治改革。神宗熙宁二年（1069）为参知政事、次年拜相，开始了历史上有名的"熙宁变法"，并取得了一定成就。但变法遭到以司马光为首的保守派的激烈反对，新法未能很好贯彻。于熙宁七年（1074）被迫罢相。八年再相，次年被迫辞职，退居金陵，封荆国公，世称王荆公。同年忧愤去世。

　　王安石是我国历史上著名的政治家、思想家，杰出的文学家，各方面都有很深的造诣。他的诗歌内容充实、文字爽利，风格雄健，多有揭露时弊，反映社会矛盾之作；他的散文，文字简洁，直抒胸臆、见解精深、结构严谨，形成了雄健峭拔的风格，为"唐宋八大家"之一。他的词留传不多，但意境开阔，"一洗五代旧习"

开豪放词之先声。王安石的著作大多散佚，现存《临川集》，《临川集拾遗》和若干零散篇章。

桂枝香

登临送目，正故国晚秋，天气初肃。千里澄江似练①，翠峰如簇。征帆去棹残阳里，背西风酒旗斜矗。彩舟云淡，星河鹭起，画图难足。念往昔，繁华竞逐。叹门外楼头②，悲恨相续。千古凭高对此，谩嗟荣辱③。六朝旧事随流水，但寒烟、衰草凝绿④。至今商女，时时犹唱，后庭遗曲。

【注释】

①澄江似练：语本谢朓《晚登三山还望京邑》："余霞散成绮，澄江静如练。"澄江：水色清澈的长江。练：白绸。

②门外楼头：化用唐代杜牧《台城》"门外韩擒虎，楼头张丽华"诗意。

③谩嗟荣辱：徒然感叹历史兴废。

④但：只有。凝绿：凝聚着的绿色。

【赏析】

这是王安石罢相后，闲居金陵时所作。起调"登临

送目",总启全章意境。上片写登临金陵故都之所见。
"澄江"、"翠峰"、"征帆"、"斜阳"、"酒旗"、"西风"、
"云淡"、"鹭起",水、陆、空,依次写来,铺叙勾勒,
以"画图难足"绾合,场面雄浑,境界苍凉。下片写登
临金陵故都之所想。"念"字作转折,今昔对比,时空
交错,虚实相生,对历史和现实,表达出深沉的抑郁和
凝重的叹息。"六朝旧事如流水,但寒烟、衰草凝绿"
为一篇之眼。作品通过金陵晚秋江景图画之描绘,咏怀
故都金陵六代繁华逐逝水,千古荣辱过眼烟云之悲慨,
最后表现出一位政治家对眼前时局之忧念。情寓景中,
萧瑟凄凉,耐人寻思。全词一气呵成,情景相生,沉郁
悲壮,精湛古雅。时人称之为"绝唱"。

千秋岁引

别馆寒砧①，孤城画角，一派秋声入寥廓。东归燕从海上去，南来雁向沙头落。楚台风②，庾楼月③，宛如昨。　　无奈被些名利缚，无奈被他情担阁，可惜风流总闲却。当初漫留华表语④，而今误我秦楼约。梦阑时，酒醒后，思量着。

【注释】

①砧：捣衣石。

②楚台风：《宋玉传》载："楚王游于兰台，有风飒至，王乃披襟以当之曰：'快哉此风！'"

③庾楼月：《世说新语》载："晋庾亮在武昌，与诸佐使殷浩之徒乘夜月共上南楼，据胡床咏谑。"

④华表语：《续搜神记》载："辽东城门有华表柱，有白鹤集其上言曰：'有鸟有鸟丁令威，去家千年今来归；城中如故人民非，何不学仙冢垒垒。'"

【赏析】

这是王安石飘流荆楚时悲秋伤怀之作，写秋景以抒愁情，是其政治上失意后之沉痛感喟。上片写秋天寥廊，秋色悲切，秋鸟分离，秋风寒冷，秋月凄凉，一派悲秋景色。境况凄寂；状秋声之萧瑟。以候鸟之一往一来，象征人生的无奈。楚王当年游兰台的豪兴，庾亮当年登南楼玩月的潇洒，就像昨天发生的一样。以古人的得意和嬉游，衬托自己的羁旅悲凉。下片直抒胸臆，自白被名利的所缚和人被痴情的担搁，悔恨未能领略自然与社会的许多风情，深感后悔。"华表语"原本指传说中的丁令威得道仙去，千年后变仙鹤回到故里，发现故人都已死去，唯城郭依旧。大有追慕成仙之想。表现失落的惆怅。结尾"梦阑时"三句，是词人对此种人生的思考。全词沉重悲哀，却言辞闪烁，情绪模糊。实际是以传统楚辞笔法，以伤别怨离写理想的失落和破灭。这首词的思想性，艺术性均为历代评论家所赞许。

晏几道

晏几道（1030～1106），字叔原，号小山，临川（今江西抚州）人。晏殊第七子。做过颍昌府许田镇监，晚年家境中落。其词与其父齐名，向称"二晏"，词风近于李煜。陈廷焯《白雨斋词话》谓："北宋晏小山工於言情，出元献（晏殊）文忠（欧阳修）之右，然不免思涉於邪，有失风人之旨。而措词婉妙，则一时独步。"所作多为男女悲欢离合，惆怅感伤之辞。但由于他亲历了由富贵悠闲到贫苦潦倒的生活，无论他以严肃而同情的态度所塑造的歌女形象，还是他以感伤的笔触追忆过去的生活，所表露的思想感情还是深沉而真挚的。他的作品题材范围较小，反映社会生活面狭隘。他善于从生活中选择动人的场景，前后对照来烘托出自己的触景生情，往往在清虚婉转的淡描中，显露出深沉浓郁的情感。他的一些抒情小词可以说达到了较高的艺术境界。有《小山词》（《补亡》）。

临江仙

梦后楼台高锁，酒醒帘幕低垂①。去年春恨却来②时，落花人独立，微雨燕双飞③。记得小蘋④初见，两重心字罗衣⑤。琵琶弦上说相思。当时明月在，曾照彩云⑥归。

【注释】

①低垂：虚掩。

②春恨：春日离别的怨恨。却来：再次来到。

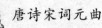

③"落花"两句：借用翁宏《春残》诗"又是春残也，如何出翠帏？落花人独立，微水燕双飞"中的句子。

④小蘋：当时的歌女。曾深得作者欢心。

⑤心字罗衣：用心字香薰过的罗衣，一说罗衣上有心字构成的图案。含有心心相印的意思。

⑥彩云：喻指小蘋。此句化用李白《宫中行乐词》"只愁歌舞散，化作彩云归"句。

【赏析】

此词写别后故地重游，激起对恋人的无限忆念。起调从"梦后"、"酒醒"写起，上片描写人去楼空的寂寞景象，以及年年伤蘋感伤别的凄凉。可见凄迷、空虚之况。"去年春恨""来时"，正是与"小蘋初见"的良辰；今年再来时，虽又是落花时节，可只有斯人独立，佳人已去。微雨中双飞的燕儿，似在嘲笑此人的孤独寂寞。下片追忆初见小蘋温馨动人的一幕。"记得"以下三句"两重心字"既写"罗衣"装饰，又暗示恋人的默契，"琵琶弦上说相思"足见其一见如故、互为知音的情谊。"当时明月在"一笔写今昔月景，时空错落，构成作品结构布局的深邃意境，造就作品朦胧之美和迷离情调。因而深得杨万里、康有为等人的称道。

蝶恋花

梦入江南烟水路，行尽江南，不与离人遇①。睡里消魂无说处，觉来②惆怅消魂误。欲尽此情书尺素③，浮雁沉鱼④，终了无凭据。却倚缓弦歌别绪，断肠移破秦筝柱⑤。

【注释】

①"梦入江南"三句：化用岑参《春梦》诗"洞房昨夜春风起，遥忆美人湘江水。枕上片时春梦中，行尽江南几千里。"极写相思之情。

②觉来：醒来。

③尺素：长一尺左右的生绢。古人用来写信或写文章。

④浮雁沉鱼：古人相传鱼雁能替人传递书信。浮雁："天子射上林中，得雁，足系有帛书。"（《汉书·苏武传》）沉鱼：蔡邕《饮马长城窟行》"客从远方来，遗我双鲤鱼。呼儿烹鲤鱼，中有尺素书。"

⑤移破：移尽，移遍。秦筝柱：筝为古代弦乐器，形如瑟。相传为秦蒙恬所造，故名。形制不一。后传多为十三弦。柱，用来固定筝弦。

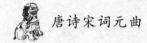

【赏析】

　　这首词通过梦境写缠绵恋情，对恋人的无穷思念和无尽的离愁别绪。起调便以伊人在梦中远觅征人行踪，表现入骨的相思恋情。思妇已"行尽江南"，可见其决心与意志。但仍不能与离人相遇，醒后反更添惆怅，埋怨自己梦中"消魂"，因而"误"了与亲人的碰面机会。既已误，仍不甘休，欲写信寄情，然而雁在天空，鱼沉水底，纵然写好信也无法投送。只得寄情于秦筝、歌喉，谁知还未开口，弦紧柱裂，令人肠断心碎！如此曲折顿挫，诉尽怨妇念远思夫的衷肠。晏叔原用"梦"将艳情朦胧化和抽象化，具有优雅的情韵和含蓄隐秀的艺术力，形成小山词翩翩美少年般的独特风致。

蝶恋花

　　醉别西楼醒不记，春梦秋云，聚散真容易①。斜月半窗还少睡，画屏闲展②吴山翠。衣上酒痕诗里字，点点行行，总是③凄凉意。红烛自怜无好计，夜寒空替人垂泪④。

【注释】

　　①"春梦秋云"两句：化用晏殊《木兰花》诗句

"长于春梦几多时，散似秋云无觅处。"写人生聚散无常。

②闲展：悠闲地展示。

③总是：全都是。

④"红烛"两句：化用杜牧《赠别》诗"蜡烛有心还惜别，替人垂泪到天明"句意。移情于物，写惜别之情。

【赏析】

这是一首伤别的恋情之作，写别后的凄哀悲情。没有事件的具体描述，通过一系列意象反复申说离愁的无处不在和无时不有。上片写醉梦醒来，感慨人生如梦如云，醉别西楼，醒后已不记得当时的情景，即使什么都忘了，可醒后有一点是清醒的：人生聚散，像春梦，像秋云，容易消失！这是一篇主旨。"斜月"两句写醒后境况："画屏"上"吴山翠"的图像又将"醒"者引向遥远的思念。下片写聚时的酒痕诗文，现在睹物生情，无不感到哀伤，尾两句写红烛流油也好像悄悄替人流泪。全词迷茫的意态和伤感的氛围凭添了含蕴酸楚，颇有情调。

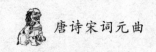

鹧鸪天

　　彩袖殷勤捧玉钟①，当年拚却②醉颜红。舞低杨柳楼心月③，歌尽桃花扇④底风。从别后，忆相逢，几回魂梦与君同。今宵剩把银釭照，犹恐相逢是梦中⑤。

【注释】

　　①彩袖：代称身着彩袖衣衫的歌女。玉钟：玉制的酒杯。

　　②拚却：不惜，甘愿。

　　③杨柳楼心月：指挂在杨柳枝头、照耀楼中的明月。楼心，即楼中、楼内。

　　④桃花扇：古人歌舞时用作道具的扇子。

　　⑤"今宵"两句：化用杜甫《羌村三首》"夜阑更秉烛，相对如梦寐"句意，写久别重逢后如梦似幻的复杂心情。剩把：尽把。银釭：银灯。

【赏析】

　　此作写与一相恋歌女别后相忆及久别重逢而重逢时疑惑是梦的惊喜的感情经历。"彩袖"本身不能"殷勤"，这是突出对舞女服装的感官印象的写法。并对

"捧"的动作进行强调。"拚却",用决绝语表示为知己者饮,舍命一醉的真诚。"舞低"、"歌尽"一联,对仗奇巧工整,极写歌女为知己者"舞"、"歌"不顾疲劳,极尽能事的热情和钟情。上片为回忆,实际是表述此歌女所以值得忆念的理由。下片写别后相忆及重逢的喜悦。"几回魂梦与君同"进一步强调互为知己的友情。得以相逢反而疑在梦中,也是写极度兴奋的心理。全词由昔日之真实到梦幻,又由梦幻变成现实,至真反又疑梦,凸现恋情之深和个中的况味。

生查子

关山魂梦长,塞雁①音书少。两鬓可怜②青,只为相思老。归傍碧纱窗,说与③人人道:"真个④别离难,不似相逢好。"

【注释】

①塞雁:指鸿雁传书事。

②可怜:可惜。

③说与:说给,对人说。

④真个:真的,的确。

【赏析】

　　这首词咏别情、写相思，很有新意。上片写飘泊游子对离别的总体感受。"魂梦长"与"音书少"的对举，洗练而精确地概括了离怨别苦；两鬓很青很青的头发，为"相思"而苍老变白，这是有情人的真情实感和人生体验。下片是想象，亲切自然。写游子归来向妻子说的一句话："离别"难受，"相逢"美好！似真似幻，朴实而真切，虽是人人都会有的感触，但由此人说出，别有韵味，别有深度。这就是诗意的魅力。此词最大特色是采用对比法。借以深化了主题，强化了表现力。在写实中潜在哲思，在口语里蕴含诗意，加之生活的实感性又极强，大实话能震人心旌。

木兰花

东风^①又作无情计，艳粉娇红^②吹满地。碧楼帘影不遮愁，还似去年今日意。　　谁知错管春残事^③，到处登临曾费泪。此时金盏直须深^④，看尽落花能几醉。

【注释】

①东风：春风。古代诗文中，东风常指春风，南风多指夏风，西风则指秋风，北风总指冬风。

②艳粉娇红：代指红花娇蕊。

③春残事：惜春之事。

④金盏：精美的酒杯。直须：尽管。

【赏析】

这是一首伤春惜花遗恨之作。上片写东风无情，践踏粉红，借以抒发如同去年一样的今年的苦愁。起首二句立意新颖，用拟人手法将东风吹落百花说成是有意布设的"无情计"，巧妙地表示对无情东风的怨情。"帘影"本"不遮愁"，此处故说，强调愁的无处不在；"还似去年今日"从时间着笔，两句表现春愁的深度和广度。"谁知"句让开一步，"到处"句进逼一层，明写后

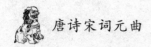

悔伤"春残"而"费泪"是"错管"闲事，实际强调"费泪"的无可奈何及对"春残"的无法抗拒。尾句写以借酒浇愁作解脱。全词八句四个层次，转折递进，抒发人生无奈的感伤。主旨可能不止是伤春，还有更深沉的感慨寄托，叫人玩味。

木兰花

秋千院落重帘幕，彩笔闲来题绣户①。墙头丹杏雨余花，门外绿杨风后絮。　　朝云②信断知何处？应作襄王春梦去③。紫骝④认得旧游踪，嘶过画桥东畔路。

【注释】

①彩笔：喻指有文才。相传江淹少时，梦人赠五色笔（彩笔），所以才华横溢，常有佳作。晚年又梦郭璞索回五色笔，作诗再无佳句，人称"江郎才尽"。绣户：户指屋门。绣户指青年女子的房屋。

②朝云：用巫山神女与楚怀王梦中幽会合欢故事。怀王游高唐，梦神女前来，自称愿荐枕席，分手时，自称"朝为行云，暮为行雨，朝朝暮暮，阳台之下"（宋玉《高唐赋·序》）。

③襄王春梦句：襄王与宋玉游云梦，夜梦与神女相

遇，嘱宋玉作《神女赋》。

④紫骝：本良马名，后代称骏马。

【赏析】

此作写恋情。上片写别后回想往昔闲来于绣户彩笔题诗，突出文字姻缘。如今恐怕欢尽人散，庭院冷落，暗写别离：墙内之人如雨余杏花，墙外之人似风后柳絮，沦落凄迷，情意绵绵。下片写对佳人的深深怀念。"朝云"两句以楚王游高唐与神女欢洽的神话，写与恋人离别后音信全无，只有凭春梦相见了。尾二句又进一层，说自己的马尚能记得恋人的住处，从"画桥东畔路"上经过时，竟长嘶而鸣，何况人呢！此种境界极富诗意，极有情趣，将恋旧的真情表达得如痴如迷。

清平乐

留人不住，醉解兰舟①去。一棹②碧涛春水路，过尽晓莺啼处。　　渡头③杨柳青青，枝枝叶叶离情。此后锦书④休寄，画楼云雨无凭⑤。

【注释】

①兰舟：用兰木做的船，极言船的精美。

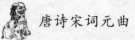

②棹：船桨，代称船。

③渡头：渡口码头。

④锦书：指恋人之间的书信。

⑤画楼：此指歌妓住所。云雨无凭：指来去无踪迹，喻指青楼女子漂泊不定。

【赏析】

此作以女子口吻写别情离怨。上片写送者，"留人不住"，已自含怨，"一棹"而"过尽"，离人匆匆，毫无留意，可见其人绝情。此送行的女子却仍在渡头发呆，杨柳枝枝叶叶，也都含有离情。但立即便似有感悟：今后你也不必寄情书了吧，我所居画楼，云雨变幻而没有定准的。此种结语，出人意料，表现出抒情主体独特的个性。这是怨极生恨，恨极自暴自弃。既然你去得绝情，那也别怨我举动"无凭"了。表现一个女性的独立意识。

阮郎归

旧香残粉似当初，人情恨不如。一春犹有数行书，秋来书更疏。　　衾凤①冷，枕鸳②孤，愁肠待酒舒③。梦魂纵有也成虚，那堪和梦无④。

【注释】

①衾凤：即凤衾，绣有凤凰图案的锦被，常用来指恋人合用的被子。

②枕鸳：即鸳枕，绣有鸳鸯的枕头，也是恋人合用之物。

③舒：缓解，消除。

④"那堪"句：又加上连梦也没有。和：连。

【赏析】

此词写思妇之怨。写尽管情人负心，改变了初衷，虽然也怨恨其人情淡薄，却宁愿独守寂寞，不改痴情。"旧香残粉"与"人情"对举，写人情不如物，写美人情怀依旧而情郎却薄情。他自离别后春天尚有简单书信，秋天信更少。下片写美人的思念。和独处之悲，只得靠酒宽解。这是以生活情境写内心愁绪。尾二句写梦虽是虚幻，总可聊以慰藉受伤的心，更何况梦也没有！一种由相思相怨到绝望的意绪，有层次地加以吐露，语淡情深。

阮郎归

天边金掌露成霜①，云随雁字长。绿杯红袖趁重

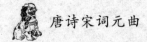

阳②，人情似故乡。　　兰佩紫，菊簪黄，殷勤理旧狂③。欲将沉醉换悲凉，清歌莫断肠。

【注释】

①金掌：指承接露水的仙人掌铜盘。据《三辅皇图》载：汉武帝刘彻曾在长安建章宫前建造高二十丈的铜柱，上铸铜仙人。仙人手托承露盘以接储露水，供武帝和玉屑一起饮用，以求长生。后世称仙人为铜仙，承露盘为金掌。露成霜：借用《诗经·秦风·蒹葭》"蒹葭苍苍，白露为霜"句，写秋气肃杀悲凉。

②绿杯：代指美酒。红袖：代指歌女。重阳：指旧历九月初九日。我国古代有重阳节饮酒登高赏菊等习俗。

③理旧狂：调理情绪，恢复过去的狂饮之态。

【赏析】

这是一首重阳佳节时伤怀失意之作。情绪悲凉压抑，似有许多愁情，却表现得模糊闪烁。临佳节而在异乡作客，受款待又有"人情似故乡"的亲切。但从其饮酒狂欢，又可见其借酒浇愁的心境。词中以佩紫、菊簪自比，其主动克制"旧狂"，可见此狂是出自不得已而为之。词意超越一般的幽怨，风格凝重而清丽。

六幺令

绿阴春尽，飞絮绕香阁。晚来翠眉宫样^①，巧把远山^②学。一寸狂心未说，已向横波^③觉。画帘遮匝^④，新翻曲妙，暗许闲人带偷掐^⑤。　　前度书多隐语，意浅愁难答。昨夜诗有回文^⑥，韵险还慵押^⑦。都待笙歌散了，记取来时霎^⑧。不消^⑨红蜡，闲云归后，月在庭花旧栏角。

【注释】

①宫样：指皇宫中流行的装饰模样，此指学宫女画眉的式样。

②远山：即远山黛，用黛画眉，画成远山的样式。相传汉成帝皇后赵飞燕的妹妹合德曾画薄眉，状如远山，名远山黛。此处借指歌女的精心妆饰。

③横波：指青年女子眼神流转，如水波流动。

④遮匝：密密地环绕。

⑤偷掐：暗中学习模仿。相传唐玄宗夜晚在上阳宫谱新曲，李暮在天津桥上赏月游玩，听到后随即在桥柱上插谱记录，第二天便在酒楼上演奏。

⑥回文：古诗的一种形式，诗词字句回旋往复，都

能成义并且可以诵读，汉苏伯玉妻、晋窦滔妻均用以表

示思夫之情。

　　⑦韵险：即韵窄，同一韵中的字数较少，不易选

择。慵押：懒得去押韵作诗。

　　⑧记取：记住。霎：一会儿，片刻。

　　⑨不消：不需要。

【赏析】

此词写香闺恋情，展现香闺人与情人约会前的心理活动与生活细节，描摹得颇为生动。上片写晚春时节，香闺人认真妆梳，巧学"远山眉"宫样，内心狂喜，嘴未说，已能从她流盼的眼波看出内心兴奋的激情。这天她又谱了一支新曲子，任凭画帘外听曲的人偷偷学去。传神地描画此女逢喜事而精神爽的神情姿态。下片写此女与情人约会的具体时间地点，亦即披露约会信的内容。她给情人的信中说道：前次你的信中许多隐语，而我学识疏浅难以回答。昨夜你寄来的诗是用回文写的，押的又是险韵，我也懒得去押这个韵再写和诗。你记住来约会的时间，等到笙歌聚会散了，闲人都回房各自歇息，而我没吹灭红烛，那时刻，我们相会在月照后花园的旧栏杆角处。全词充满热恋中人的青春气息。女主人公能文、能诗、又能自制新曲，男主人公写信用"隐语"，写诗用"回文"、押"险韵"，是很有文学修养的读书人。而他们的结合，是建立在思想感情的默契。故词中虽写艳情，但却不俗，颇富有喜剧性和故事性色彩。

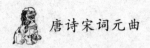

御街行

街南绿树春饶絮,雪满游春路①。树头花艳杂娇云,树底人家朱户。北楼闲上,疏帘高卷,直见街南树。

栏杆倚尽犹慵去②,几度黄昏雨。晚春盘马踏青苔,曾傍绿阴深驻。落花犹在,香屏空掩,人面知何处③?

【注释】

①"雪满"句:指杨花柳絮如雪片般漫天飞舞,布满了游春的道路。

②慵去:懒得离开,不愿离开。

③人面知何处:化用崔护"去年今日此门中,人面桃花相映红。人面只今何处去,桃花依旧笑春风"(《游城南》)诗意。

【赏析】

这是一首写男子失恋的作品,男主人公家住北楼,迷恋南街富家女子。上片写晚春柳花飘飞时节,此男子登上北楼,见柳絮如雪漫舞,百花娇艳,而树下"朱户人家"隐约在万绿丛中。下片写思念。他已倚遍北楼栏杆,多少次是在雨中黄昏登上楼来。也曾骑马穿过南街，踏越青苔，驻马在绿荫深处等候。但只见落花纷纷，闺阁画屏轻掩，不知美人上哪儿去了！词中浸透相思情及失恋后的惆怅伤感。词中表现的是一种朦胧而并未为对方知晓的单相思的恋情。结尾"落花犹在"，"人面知何处？"类似崔护"人面不知何处去？桃花依旧知春风"，含蕴不尽。

虞美人

曲栏杆处天如水，昨夜还曾倚。初将明月比佳期^①，长向^②月圆时候、望人归。罗衣著破^③前香在，旧意谁教^④改。一春离恨懒调弦，犹有两行闲泪、宝筝前。

【注释】

①初将：本将。明月比佳期：古代民间有月圆人归，合家团圆的说法。佳期，指团圆的日子。

②长向：总是在。

③著破：穿破，喻天长日久。

④谁教：谁让，怎能。

【赏析】

这是写思妇念远的伤情词。上片写秋天的思念。起首将思妇盼归的思情淡淡提起。栏杆外，天如水，"昨夜"还"倚"，天天倚栏夜望"将明月比佳期"，月圆几度，伊人不归，引出下片"罗衣著破"。"衣破"、"香在"，不忘旧情。可是离人情薄早已放弃初衷。"谁教"句足见思妇怨恨之深。整个春天被此种愁情困扰，坐在宝筝前，全无心思拨弄琴弦，只有眼眶涌出两行苦泪。在脉脉诉说哀曲而已。这是写春天的思念，画出时间轨迹，刻下心路历程，是此作迷离动人之处。

留春令

画屏天畔，梦回依约①，十洲②云水。手捻红笺③寄人书，写无限、伤春事。　　别浦④高楼曾漫倚，对江南千里。楼下分流水声中，有当日、凭高泪⑤。

【注释】

①梦回：梦醒。依约：依稀。

②十洲：传说中在八方大海中，有祖洲、瀛洲、玄洲、炎洲、长洲、元洲、流洲、生洲、凤鳞洲、聚窟洲十大洲，是仙人居住的地方。

③红笺：寄给恋人的书信。

④别浦：分别的水边，指分手之地。江淹《别赋》

"送君南浦，伤如之何？"

⑤凭高泪：化用冯延巳《三台令》词句"流水，流水，中有伤心双泪。"指怀念远人的伤心之泪。

【赏析】

这也是一首伤别念远之作。写与意中人别后的怀念。处画屏中的风景仿佛远在旷远的天边。残梦之中，好像见到那十洲的行云流水。手中拿着红笺，是准备寄给她的书信，信上写的是无限的伤春之感。下片介绍信中主要内容，此作由远梦触动离怀，在信中与远方征人娓娓诉说，说的内容不是停留于想念之类，而是写她常去"别浦高楼"远眺江南，并告诉对方江涛声中有她登高坠下的相思泪。情感真挚，在平实的语辞中饱含浓烈的诗意。

思远人

红叶黄花秋意晚，千里念行客①。飞云过尽，归鸿②无信，何处寄书得？　　泪弹不尽临窗滴，就砚旋研墨③。渐写到别来④，此情深处，红笺为无色。

【注释】

①千里念行客：念行客千里，或念千里行客的

倒置。

②归鸿：从北方归来的鸿雁。古代有鸿雁传书的故事，据《汉书·苏武传》载，汉使者诡称汉天子在上林苑射雁，见雁足上系有苏武自北方写来的书信，证实苏武还在。后代诗文中，鸿雁常是信使的代称。

③"泪弹"两句：化用孟郊《归信吟》"泪墨洒为书"句意，写怀思的伤感。

④别来：分别以后。

【赏析】

这首词写闺中人怀远怀人。上片写秋晚而引起思念远方行客的离愁。"飞云"、"归鸿"两句云来雁去，不见来信。写企盼之苦。下片写愁极和泪研墨写信的情境。"泪弹不尽"而滴入砚中"旋研墨"，细节生动而新颖。尾三句最是神来之笔。"红笺""无色"，则此信红格因伤心而黯然失色。象征暗示，将和泪研墨的深情惨痛表现得淋漓尽致。明白如话，似拙实巧。

王 观

王观字通叟，如皋（江苏如皋）人，生卒年不详。

宋仁宗嘉祐二年（1057）进士。元丰二年（1079）为大理寺丞，知江都县，因事除名永州编管。恃才放诞。词集名《冠柳集》。其词颇富创意，有性灵。

卜算子·送鲍浩然之浙东①

水是眼波横，山是眉峰聚。欲问行人去那边，眉眼盈盈处②。　才始送春归③，又送君归去。若到东南赶上春，千万和春住。

【注释】

　①浙东：浙江东南部。

　②盈盈：神采流动的样子。

　③才始：方才，刚才。

【赏析】

　此词送别友人，构思新颖。其略去送别情境的刻画和别情依依的泻染，起首便着眼于山、水，水是横着的眼波，山是皱着的眉头，将离人的形象放得无穷大，以眉眼盈盈喻山川之美，故乡山河之美。将人之眉眼与自然山水两组意象重复叠加，在艺术表现上颇有特色。下片将"送君归"与"送春归"叠合，忽生"到江南赶上

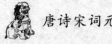

春"的奇想，又叮嘱"千万和春住"。一扫千古惜春佳句，独具创新之佳妙。

晁补之

晁补之（1053～1110），字无咎，号归来子。济州巨野（今属山东）人。"苏门四学士"之一。神宗元丰二年（1079），举进士第一。曾任秘书省正字、著作郎、知齐州。因新旧党争，被贬。宋徽宗立，召拜吏部员外郎、礼部郎中。崇宁追贬元祐旧臣，出知河中府，徙湖州，后退闲故里，啸傲田园。晚年起知泗州。死于任所。词风受苏轼影响，气象雄俊而沉郁，但缺乏苏词的旷达超妙。词集名《晁氏琴趣外篇》，六卷。

水龙吟

问春何苦匆匆，带风伴雨如驰骤。幽葩①细萼，小园低槛，壅培未就。吹尽繁红，占春长久，不如垂柳。算春长不老，人愁春老，愁只是、人间有。　　春恨十常八九，忍轻孤、芳醑

1704

②经口。那知自是、桃花结子，不因春瘦。世上功名，老来风味，春归时候。最多情犹有，尊前青眼③，相逢依旧。

【注释】

①葩：花。

②醪：醇酒。

③青眼：眼正视时多见青处，斜视时多见白处。晋阮籍能为青白眼。

【赏析】

这首词借"惜春"之情抒发心中的感受，将人生哲理融于抒情之中，通篇弥散着无奈和失落的情愫。表面故作旷达，实则愁情深沉。

忆少年·别历下①

无穷官柳②，无情画舸，无根行客。南山尚相送，只高城人隔。　　罨画园林溪绀碧③，算重来，尽成陈迹。刘郎鬓如此④，况桃花颜色。

【注释】

①历下：山东历城县。

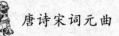

②官柳：公家种的柳树。古代官府于河岸或大路两边种植柳树，称官柳。

③罨画：用各种色彩绘饰的画，这里形容美丽如画。 绀：红青色。

④刘郎：刘禹锡诗："玄都观里桃千树，尽是刘郎去后栽。"

【赏析】

这是一首伤别之作。词人独自离开历城其情依依，开首三句，以白描方式突出飘泊者的凄凉，言简意丰，"无"字三用，更增浓了漂泊者的悲哀。"南山""相送"，却被"高城"隔断，无限依恋，更增一层哀伤。"罨画"句写历城风光如画，令人难舍。"算重来"，以下一句预想人事变迁，浸透世事无常之叹。"刘郎"句用刘禹锡受贬，远谪僻乡重回长安但青春已去之故事，极写年华易逝的感喟。沈雄谓此词结尾"如泉流归海，要收得尽，又似尽而不尽者"。（《古今词话》）正道出了此作言尽而意犹未尽的特点。

洞仙歌·泗州中秋作

青烟幂①处，碧海飞金镜。永夜闲阶卧桂影。露凉时，零乱多少寒螿，神京远，惟有蓝桥②路近。　　水晶帘不下，云母屏③开，冷浸佳人淡脂粉。待都将许多明，付与金尊，投晓共流霞④倾尽。更携取胡床上南楼，看玉著人间，素秋千顷。

【注释】

　　①幂：遮盖。

　　②蓝桥：在陕西蓝田县东南，世传其地有仙窟，唐裴航遇云英于此桥。桥架蓝水之上，故名。

　　③云母屏：云母为花岗岩主要成分，可作屏风，艳

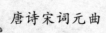

丽光泽。

④流霞：仙酒名。

【赏析】

这是一篇即景抒情的佳作。首句写中秋夜开始时云烟四合，未见月轮，接着月亮从海天"飞出"，金辉四射。此是先抑后扬，给人一种期待后的喜悦。词人"闲卧"赏月，由"露凉"而想到寒蝉，而想到自己的失意与飘零。"唯有蓝桥路近"则表露词人对生命终结的期待。下片写室内与"佳人"共赏。境界仍极凄冷。结拍三句写登楼赏月，"玉著人间，素秋千顷"又系豪放之语，表现出词人超越尘世，追求灵魂之永恒归宿的愿望。宋胡仔评道："凡作诗词，要当如常山之蛇，救首救尾，不可偏也。如晁无咎作中秋《洞仙歌》，其首云：'青烟幂处'三句，固已佳矣；其后阕'待都将'至末，若此可谓善救首尾者矣。"此作首尾呼应，中间虽有凄清，从整体而言，仍属放达品格。

晁冲之

晁冲之，字叔用，钜野（山东巨野）人，补之从弟。曾任大晟府乐丞。曾居具茨山下，自号具茨先生。赵万里辑有《晁叔用词》一卷。《全宋词》仅存词十首。

临江仙

忆昔西池池上饮^①，年年多少欢娱。别来不寄一行书。寻常相见了^②，犹道不如初。　　安稳锦屏今夜梦，月明好渡江湖。相思休问定何如。情知春去后，管得落花无？

【注释】

①西池：泛指西边池塘。

②寻常：寻常人，指不相干的外人。

【赏析】

这是一首恋情词。起句回忆往昔的欢娱，年年尽欢，多少恩爱。"别来"句突作陡转，"不寄一行书"与"多少欢娱"，反差极大，引起情感风暴。"寻常"二句则以主人公的视角，将薄情者的心态揭示无余。接着又转写主人公的痴迷：今夜安排好梦，去寻他游踪。但自己心里又十分清楚：此种相思，并无指望，就如同明明知道春已归去，你还管得了花儿落否？！此词写闺妇对

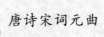

簿情郎的思恋、与幽怨，真实地记录下她心理变化的曲线。语言朴实，结构曲折与人物心理变化暗合。许昂霄云："淡语有深致。咀之无穷。"（《词综偶评》）诚哉斯言也。

毛 滂

毛滂（1060～1124?），字泽民，自号东堂老人，衢州江山（浙江江山）人。曾任删定官等职。有《东堂词》。《全宋词》存词二百余首，《全宋词补辑》寿词二首。

惜分飞·富阳僧舍作别语赠妓琼芳^①

泪湿阑干花著露，愁到眉峰碧聚。此恨平分取^②，更无言语空相觑。　　断雨残云无意绪，寂寞朝朝暮暮。今夜山深处，断魂分付，潮回去^③。

【注释】

①富阳：今富阳市，在杭州西南。

②平分取：指二人所持相等。

③分付：托付。

【赏析】

　　此词亦题作《富阳僧舍代作别语》。富阳位于杭州南面约七十里的富春江北岸，系毛滂从家乡北上或南归必经之地。上片写别情。起句写离别时对方悲泪滂沱，有如花枝著露，教人既爱又怜且心疼。接写伊人的悲哀：那紧蹙的眉头，如碧峰聚簇一样，显得哀愁态重。第三句，说自己要与妻子平分愁苦，以无言的两眼与妻子相对细细打量。下片写别后在僧舍的刻骨相思。"断雨残云"为离愁加声加色，使其更加浓重。"寂寞"句，则担心与妻子一别而成永诀。而"今夜"句实写当时境况，"断魂"句试图将自己对妻子的无限思恋，交付富春江水，带回家去与伊人再相团聚。他将现实的悲哀付与想象的空间，企图以此减弱自己的深沉哀痛。读之令人凄咽欲绝。词人另有《菩萨蛮·富阳道中》"春潮曾送离魂去"，可相发明。周辉云："语尽而意不尽，意尽而情不尽，何酷似乎少游也！"（《清波杂志》）这道出了毛滂词作的特点。

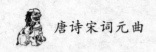

李之仪

李之仪，字端叔，自号姑溪居士，沧州无棣（今山东无棣县）人。宋神宗熙宁三年（1070）进士，曾从苏轼于定州幕僚。历任枢密院编修官（编写史书的官）、原州通判等。徽宗时提取河东常平。后以文章获罪，被贬到太平州（今安徽当涂）。卒年八十。能文、词亦工，以小令见长。苏轼称其"入刀笔三味"。有《姑溪居士文集》，词集名《姑溪词》。

谢池春

残寒销尽，疏雨过，清明后。花径残馀红，风沼萦新皱①。乳燕穿庭户，飞絮沾襟袖。正佳时，仍晚昼。著人滋味②，真个浓如酒。　　频移带眼③，空只恁、厌厌瘦。不见又相思，见了还依旧。为问频相见，何似长相守？天未老，人未偶④。且将此恨，分付庭前柳。

【注释】

①风沼：风中的水池。

②著人：使人觉得。

③移带眼：收缩腰带，指腰身渐瘦。

④未偶：未在一起。

【赏析】

这是一首抒写离别相思之情的佳作。上片写景，交待节令和时间，"花径"以下两组对句极有层次地描绘春的色彩与活力，展现出具有芳春傍晚特征的种种景物，为下片抒情进行了较为充分的铺垫。下片写别情。换头"频移带眼"，其实是柳永"衣带渐宽终不悔，为伊消得人憔悴"之浓缩，形象真切传神。以下数句，再回头写"厌厌瘦"的原因。"不见又思量，见了还依旧"，亦道出人之常情。最后四句，言上天无情，因此故尔'人未偶"的孤独，也必然永远存在。于是只好无限情恨托付给庭前的杨柳，全词将伤春的愁绪和伤别的痛苦融合于一地进行表现，一气贯下，艺术地表达了主题。

卜算子

我住长江头①，君住长江尾②。日日思君不见君，共饮长江水。此水几时休？③此恨何时已？④只愿君心似我心，定不负相思意。

【注释】

　　①头：上游。

　　②尾：下游。

　　③休：停，引申为干涸。

　　④已：终结。

【赏析】

　　此是向对方表示恋情的一首佳作，曾广为传唱。此作最大成功在于因长江以写真情，生发联想，铸为清词丽句，压倒古今多少言情之作。下片以长江水之无休止与己思君不见之"恨"无已时为比，相互发明深化题意，吐出绵绵情丝，有如长江流水滔滔不绝。此词以寻常语白描抒情，言浅而意深，具有永恒的艺术魅力。毛晋认为："姑溪词多次韵，小令更长于淡语、景语、情语。如'莺衾半拥空床月'，又如'步懒恰寻床，卧看游丝到地长'，又如'时时浸手心头熨，受尽无人知处凉'，即置之《片玉》、《漱玉》集中，莫能伯仲。至若'我住长江头'云云，直是古乐府俊语矣。"（《姑溪词跋》）此语恰中肯綮。

贺　铸

贺铸（1052～1125），字方回，原籍山阴（今浙江绍兴市）。出身贵族家庭，为人豪侠尚气，性格耿介，喜谈论时事，不肯逢迎权贵。早年做过下级武官，后来曾任泗州、太平州通判等职，一生悒悒不得志，晚年退居苏州，自号庆湖遗老。贺铸的词兼婉约豪放的风格，多数作品秾丽哀婉，也有部分篇章境界开阔，气势雄健，表现了作者豪爽狂放的性格和无从施展抱负的苦闷。著有《庆湖遗老集》二十卷，《东山寓声乐府》三卷。《全宋词》存词二百八十余首，其数之多，仅次于苏轼。

青玉案

凌波不过横塘路①，但目送、芳尘去。锦瑟华年谁与度？②月桥花院，琐窗朱户，只有春知处。飞云冉冉蘅皋暮③，彩笔新题断肠句。若问闲情都几许？④一川烟草，满城风絮，梅子黄时雨。

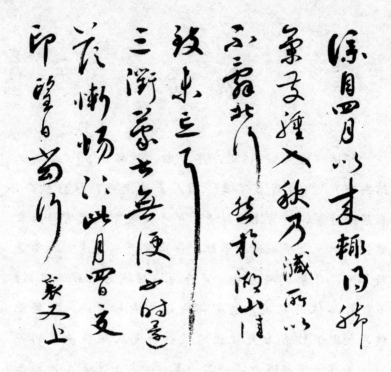

【注释】

①凌波：形容女子步态轻盈。横塘：地名，在苏州胥门外九里，贺铸在此建有别墅。

②锦瑟年华：指美好的青春年华。

③蘅皋：长着香草的水边高地。蘅，香草名。

④都几许：共有多少。

【赏析】

此词系贺铸名篇之一，作于苏州。当时词人闲居横塘，写的是一段单相思的深愁。题原作"横塘路"。首三句，借洛神故事，回忆在横塘的一次艳遇。词人神魂颠倒，要随佳人而去，并且知道了她的居所，但是除了春风，他人不能进入。下片换头仍用《洛神购》故实，词人期待再遇佳人，但佳人不至。只得题写断肠诗句。要问此时愁有多少，真好像一马平川的衰草；像漫天飞扬的柳絮；也像江南梅雨，无有止期。结句以一串博喻写"闲愁"，使得"闲愁"更加具体可感。将无形的情化为有形的物颇值称道。

感皇恩①

兰芷满汀洲，游丝横路。罗袜尘生步，回顾。整鬟颦黛，脉脉多情难诉。细风吹柳絮，人南渡。　　回首旧游，山无重数。花底深朱户，何处？半黄梅子，向晚一帘疏雨。断魂分付与，春归去。

【注释】

①感皇恩：唐教坊曲名。

【赏析】

这是一首咏别情的词作。上片写离别：送行的佳人如《洛神赋》中的宓妃，含情带愁，整鬟皱眉；行人在

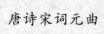

柳絮飘飞中，乘船南去……下片写别后相思：青山隔断
望眼，可心中却永存花丛深处中的伊人。"黄海""疏
雨"，乃是内心思情别绪的外在表征，愁得"魂断"，只
得吩咐春携带这颗蕴满相思情离别恨的心回到伊人身
边！苦苦恋情，动人肺腑。笔致疏朗，气韵游荡，实是
佳句。

薄　幸

淡妆①多态，更滴滴，频回眄睐②。便认得琴心③先
许，欲绾合欢双带。记画堂风月逢迎，轻颦浅笑娇无
奈。待翡翠屏开，芙蓉帐掩，羞把香罗暗解。　　自过
了烧灯后，都不见踏青④挑菜。几回凭双燕，丁宁深意，
往来却恨重帘碍。约何时再？正春浓酒困，人闲昼永无
聊赖。厌厌睡起，犹有花梢日在。

【注释】

　①淡妆：有本作"艳真"。

　②眄睐：斜视。

　③琴心：用司马相如琴挑文君故实。

　④踏青：蜀中风俗，旧以二月二日为"踏青节"；
寒食清明也是踏青节候。

【赏析】

这是一首艳情词。上片追怀往日欢娱。头四句写定情,"记"字以下,极摹少女柔情蜜意,万种风情。又写欢情的美好缠绵。下片写今日之思。别后期待再见未果,多次寄信又受阻隔。"厌厌睡起,犹有花梢日在",以景写情,表示无以消磨永昼的心理,仍写思念之苦。李清照"守着窗儿,独自怎生得黑"意境与此有异曲同工之妙。

石州慢

薄雨收寒,斜照弄晴,春意空阔。长亭柳色才黄,远客一枝先折?烟横水漫,映带几点归鸿,平沙消尽龙荒雪。犹记出关①来,恰如今时节。　　将发,画楼芳酒,红泪清歌,便成轻别。回首经年,杳杳音尘都绝。欲知方寸②,共有几许清愁,芭蕉不展丁香结。枉望断天涯,两厌厌风月。

【注释】

①出关:自汴京至临城,中途须过白马关。
②方寸:内心。

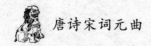

【赏析】

这首词上片写景，表露伤春伤别。"犹记出关来"两句，提起下阕对"轻别"情境之追忆。经年而音信全无，正是内心新愁的原因。愁心如丁香花蕾紧结，则是憔悴天涯的写照。"两厌厌"则将双方的痛苦同时写出。全词一气贯下，"有情，有景"，"情生文，文生情"，"极其雅丽，极其凄秀"。对此作的风格与特点作了极好的概括。

望湘人①

厌莺声到枕，花气动帘，醉魂愁梦相半。被惜余熏②，带惊剩眼③，几许伤春春晚。泪竹痕鲜，佩兰香老，湘天④浓暖。记小江风月佳时，屡约非烟游伴。须信鸾弦易断，奈云和再鼓，曲终人远。认罗袜无踪，旧处弄波清浅。青翰⑤棹舣⑥，白苹洲畔，尽目临皋飞观⑦。不解寄一字相思。幸有归来双燕。

【注释】

①望湘人：贺铸创调。

②被惜余熏：古有用香熏被的习俗。

③带惊剩眼：言皮带移孔，人渐瘦弱，连皮带也吃惊了。

④湘天，指湘江流域。

⑤青翰：船，刻以鸟形而涂以青色。

⑥棹舣：划桨让船靠岸。

⑦临皋飞观：水泽畔的高楼。

【赏析】

此词咏伤春叙别愁，缠绵悱恻，历来为人称颂。上片为伤春而日见瘦损，根本原因，便是与湘江之滨一位"非烟游伴"的违离。下片换头以下，仍追忆与可与这位"湘人"作比的美人的绝别。"鸾弦"、"罗袜"，进一步状写伊人琴艺高超，体态优美。"青翰"以下数句，由忆旧回归现实。有"双燕""来归"，却不能为我"寄书"，何"幸"之有，更增伤悲。尾音绵绵不绝，正所谓曲尽意不绝。此词布局停句妥贴，笔势腾挪回荡，极值细读。

汪 藻

汪藻（1079～1154），字彦章，婺源（江西婺源）

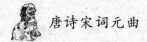

人。崇宁五年（1106）进士，历官太常少卿，中书舍人，兼直学士院，擢给事中，迁兵部侍郎，拜翰林学士。有《浮溪集》，内收词三首。《全宋词》存词四首。

点绛唇

新月娟娟，夜寒江静山衔斗①。起来搔首，梅影横窗瘦。　　好个霜天，闲却传杯手②。君知否，乱鸦啼后，归兴浓于酒。

【注释】

①斗：星斗。

②传杯：指饮酒时传递酒杯。

【赏析】

此词吟咏归隐，但也可能另有寄托。张宗橚谓："彦章出守泉南，移知宣城，内不自得，乃赋《点绛唇》词。"（《词林纪事》卷八）可以佐证。上片写冬末初春景：寒江夜月，梅横影瘦。落寞与无聊的心境的落寞与凄清在这些景物描写中得以表现。下片前二句写霜寒无酒可饮，处境十分困窘，听到乱鸦聒噪，更增退稳之思。"归兴浓于酒"，平中见奇，有如警语。

陈与义

陈与义（1090～1138），字去非，号简斋，洛阳人。累官中书舍人、翰林学士，参知政事。工诗，受黄庭坚、陈师道较多影响。亦能词，精练沉婉，与其诗风相近。有《无住词》一卷，《全宋词》存词十九首。

临江仙

高咏楚词酬午日[①]，天涯节序匆匆。榴花不似舞裙红。无人知此意，歌罢满帘风。万事一身伤老矣，戎葵凝笑墙东[②]。酒杯深浅去年同。试浇桥下水，今夕到湘中[③]。

【注释】

①午日：阴历五月初五日。

②戎葵：即蜀葵，夏日开花。

③湘中：指屈原沉江之地。

【赏析】

是一首咏史咏人抚今追昔之作，诗人端午节怀念屈

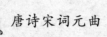

原，忧叹时局、自伤流落故作此诗。头二句说端午节匆匆来到，只是身在天涯，只有靠朗读《楚辞》以消磨节日。"榴花"三句，写南渡后歌儿舞女仍花枝招展，不知我咏《楚辞》之意。这显然是嘲讽苟且偷安的朝廷。下片自伤身世。本想承担北伐中原、匡扶宋室的大事，但无法实现。这正是最堪伤心处。于是天天借酒浇愁，年复一年，且将酒浇到江中，祭奠屈子的亡灵吧。全词怀古伤今，感念北宋灭亡，回天无力，苍凉郁勃，辞浅义丰。

临江仙

夜登小阁，忆洛中旧游。

忆昔午桥桥上饮①，坐中多是豪英。长沟流月去无声②。杏花疏影里，吹笛到天明。二十余年如一梦，此身虽在堪惊。闲登小阁看新晴。古今多少事，渔唱起三更。

【注释】

①午桥：在洛阳南面。

②长沟：指河道。流月：泛着月光的流水。

【赏析】

此词是词人南渡之后所作，抒发对于北方失地的思念。上片回忆二十年前的洛中旧游。首二句是写在洛阳午桥庄痛饮的豪兴。"长沟流月"三句，表达对故乡的真切怀念。换头二句强调北宋的灭亡，简直令人不能相信，其实这是不相信北宋统治者竟如此无能，不相信南宋新皇帝竟根本不愿收复失地等复杂心情的曲折表示。"闲登"句用萧散逸兴表示对南宋统治者的失望，结二句将古今兴亡都付之半夜里渔翁的歌唱，外表超脱、放达而内心深处十分感伤。沈际飞云："'流月无声'巧语也，'吹笛天明'爽语也，'渔唱三更'冷语也。"（《草堂诗余正集》）清晰地道出了此作的层次感及不同表现方式。

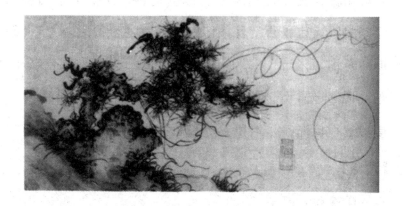

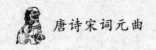

蔡 伸

蔡伸（1088～1156），字伸道，号友古居士，福建莆田人。政和五年进士，历知滁州、徐州、德安府、和州。浙东安抚司参议官，秩满，提举台州崇道观。有《友古居士词》传世，《全宋词》词一百七十余首。

苏武慢

雁落平沙，烟笼寒水，古垒鸣笳声断。青山隐隐，败叶萧萧，天际暝鸦零乱。楼上黄昏，片帆千里归程，年华将晚。望碧云空暮，佳人何处？梦魂俱远。　　忆旧游，邃馆朱扉①，小园香径，尚想桃花人面。书盈锦轴，恨满金徽②，难写寸心幽怨。两地离愁，一尊芳酒，凄凉危栏倚遍。尽迟留③，凭仗西风，吹干泪眼。

【注释】

①邃馆：深宅。

②金徽：金制的琴上音位识点，此为琴的代称。

③迟留：滞留。

【赏析】

　　宣和六年（1124），宋金联合攻辽，燕京收复后，作者曾北游入燕。此词可能是作者入燕途中的思家之作。上片前几句写景。"年华将晚"，"佳人何处"，感叹美人迟暮，乃系一篇主旨。"片帆千里"，极写飘泊之苦。下片写相思。写信、弹琴寄恨，皆无补相思。"两地"、"一尊"又一对句，写出借酒浇愁的幽恨。最后只得借风吹干眼泪，痛苦达到极点。此词层层递进，依次抒写离愁别恨，缠绵悱恻，颇令读者感怀。

周紫芝

　　周紫芝（1082～?），字少隐，号竹坡居士，宣城（今安徽宣城）人。绍兴中登第，累官枢密院编修，右司员外郎等。知兴。工诗词，著有《太仓稊米集》七十卷，《竹坡词》三卷，《竹坡诗话》一卷。《全宋词》存词一百五十余首。

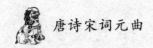

鹧鸪天

一点残红欲尽时，乍凉秋气满屏帷。梧桐叶上三更雨，叶叶声声是别离。　　调宝瑟，拨金猊①，那时同唱鹧鸪词②。如今风雨西楼夜，不听清歌也泪垂。

【注释】

①金猊：古代的一种兽形香炉。

②鹧鸪词：指歌唱恋情的曲子。

【赏析】

此词咏秋士于秋夜雨中怀念情人之悲。上片四句由学入情：残灯如豆，梧桐秋雨，撼动客子的离愁。换头三句转忆当年两人一起调瑟抚琴，同唱新曲，互为知己的愉悦。今夜"风雨西楼"，孤寂一人，伤心垂泪。由景而情，脉络清晰，风格凄婉。

踏莎行

情似游丝，人如飞絮。泪珠阁定空相觑①。一溪烟柳万丝垂，无因系得兰舟住。雁过斜阳，草迷烟渚。如今已是愁无数。明朝且做莫思量^②，如何过得今宵去。

【注释】

①阁定：不动。阁，通"搁"。

②且做莫思量：且不要去思量。

【赏析】

此是一首咏别词，情似游丝未定，人却如飞絮而无踪。"情"系送者，"人"谓行者。"一溪烟柳"本与人情无关，而送者竟抱怨其"丝垂"万条，为何系不住行人兰舟？此系面对生离痛苦的无奈之言。"雁过"者，是说别后又过半载。但不知行者在何方？即便是不考虑明天如何打发，可今晚堪熬漫漫长夜！结拍二句白描直抒胸臆，平淡率真。全词在抒情主人公意识的流程中，表现出历时性的伤别环境和心境，悱恻缠绵，真切感人。

李重元

李重元，生卒年不详。生平无可考。

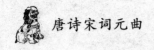
忆王孙·春 词

萋萋芳草忆王孙①，柳外高楼空断魂，杜宇声声不忍闻②。　欲黄昏，雨打梨花深闭门。

【注释】

①王孙：原指王侯之孙，后泛指女子所爱恋的对象。

②杜宇：即杜鹃鸟。

【赏析】

这是一首令人赞不绝口的佳作。全词仅五句，一句一韵，声色双美，余味无穷。词中简化了时空背景，也看不出抒情主体的身份，但词中的神韵悠然而在，词中的境界在生活中随处可遇。"雨打梨花深闭门"最为佳妙，它不仅有画面美，还令读者想象字面后所未出现的女主人公，她恐是文学作品显意象外的"隐意象"。黄蓼园云："高楼望远，'空'字已凄恻，况闻杜宇？末句尤比兴深远，言有尽而意无穷。"

李 玉

李玉，生卒年不详。生平无可考。仅《贺新郎》（篆缕消金鼎）一词传世。

贺新郎·春情

篆缕销金鼎①。醉沉沉、庭阴转午，画堂人静。芳草王孙知何处？惟有杨花糁径②。渐玉枕、腾腾春醒。帘外残红春已透，镇无聊、殢酒厌厌病。　云鬟乱，未忺整③。江南旧事休重省。遍天涯寻消问息，断鸿难情。月满西楼凭阑久，依旧归期未定。又只恐、瓶沉金井④。嘶骑不来银烛暗、枉教人、立尽梧桐影。谁伴我，对鸾镜。

【注释】

①篆缕：形容旋绕如古代篆字形的香烟。

②糁径：飘落在路面上。糁，本指米和肉汁掺和在一起，古代诗词多指柳絮铺在路面上。

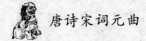

③忺：情愿。

④瓶沉金井：比喻爱情破裂无可挽回。

【赏析】

这首词写思妇念远愁别。上片由思妇恋"王孙"的愁情写起，接下勾勒伊人缓慢起床、鬓发蓬乱而不愿梳整的细节，表现其心怀哀怨的精神状态。换头写"王孙"音信全无，自己却茫然期待的怅惘。虽担心对方恩断义绝，但仍在盼望他重回自己之身旁。道尽被遗弃的女子的可怜与凄凉。陈廷焯云："此词绮丽风华，情韵并盛，允推名作。"（《白雨斋词话》）这是极准确的评价。

岳 飞

岳飞（1103～1142），字鹏举，汤阴人。少年从军，属东京留守宗泽部下，屡立战功。历授少保、河南北路招讨使，枢密副使。他是南宋初期的抗金名将，所统率的"岳家军"，纪律严明，百战百胜，深得人民的信赖与支持，高宗曾赐以手书"精忠岳飞"的旗帜。绍兴十年，岳飞大破金兵于郾城，遂进军朱仙镇，指日渡河，收复失地。宰相秦桧与高宗力主议和，一日以十二道金牌将他回召，以"莫须有"罪名诬飞，死于狱中。后平反，追谥武穆，后改谥忠武，追封鄂王。岳飞的诗词都是在戎马倥偬之中作的，充满强烈的爱国思想，可惜存者不多。有《岳武穆集》。

满江红

　　怒发冲冠①，凭栏处、潇潇雨歇②。抬望眼、仰天长啸，壮怀激烈。三十功名尘与土，八千里路云和月。莫等闲、白了少年头，空悲切。　　靖康耻③，犹未雪。臣子恨，何时灭？驾长车、踏破贺兰山缺。壮志饥餐胡虏肉，笑谈渴饮匈奴血。待从头、收拾旧山河，朝天阙④。

【注释】

　　①怒发冲冠：形容异常愤怒。《史记·廉颇蔺相如列传》："却立倚柱，怒发上冲冠。"

　　②凭栏处：倚着栏杆。潇潇：风雨急骤的样子。歇：停止。

　　③靖康耻：靖康元年（一一二六）金兵攻陷汴京，次年掳徽、钦二宗，故云"靖康耻"。

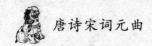

④朝天阙：拜见皇帝。天阙，指帝王所居。

【赏析】

　　这是一首气壮山河、传诵千古的名词，表现了词人以国家存亡为己任的耿耿忠心。业已成为中华民族的宝贵精神财富，在历次民族危亡中，起了鼓舞战斗的巨大作用。以愤怒填膺的肖像描写开篇，极力展现对北宋灭亡的义愤。"潇潇雨歇"，壮中寓悲。"三十功名"，回顾自己的战斗生涯，"八千里路"展现白己战斗领域的广阔。"莫等闲"三句是对未来的期许，激越悲壮。换头直陈丧国之痛。"贺长车"数句，表达报仇雪耻的决心。"壮志""笑谈"一联，运用夸张笔法，表示对入侵者彻底战而胜之歼而灭之的雄心壮志，词语之间可听金鼓之鸣，可闻血腥之气，显示出一代元戎的精神风貌。结拍三句，是为前几句作结，也是前几句合乎逻辑的发展与结局，是"壮志"与"笑谈"的余韵。英烈气概烁人，读之令人奋起。

程 垓

　　程垓，生卒年不详。字正伯，眉山（四川眉山）

人。生平无可考。有《书舟词》。《全宋词》存词一百五十余首。

水龙吟

夜来风雨匆匆，故园定是花无几。愁多怨极，等闲孤负，一年芳意。柳困花慵，杏青梅小，对人容易。算好事长在，好花长见，元只是、人憔悴。　　回首池南旧事，恨星星、不堪重记①。如今但有，看花老眼，伤时清泪②。不怕逢花瘦，只愁怕、老来风味。待繁红乱处，留云借月，也须拚醉。

【注释】

①星星：指白发，以喻年老。

②伤时：忧伤时世。

【赏析】

这首词抒写游子对故园的哀思。因"夜来风雨"而触发对"故园"落花无数的哀思与忆念，极其自然。春归而"柳困桃慵"，夏初见"杏青梅小"，由季节、果木之承续取代，而诱发人生苦短之慨叹，对此见情。换头追忆昔日故园旧事，又有三层涵意：一是时间将记忆洗

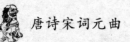

淡；二是伤感记忆也变得模糊；三是痛苦伤感，唯愿往事模糊。"如今"三句无限哀痛，"不怕"三句更其颓伤。"待繁红"三句痛说自己对现实的心不甘，悲切而不失活下去的信念，老大而不束手坐待死神，这是透彻的人生憬悟。此词选择全新视角，具有新的表现和新的结构，独标一格。

张孝祥

张孝祥（1132～1170），字安国，号于湖居士，和州乌江（安徽和县）人。绍兴二十四年进士。历官礼部员外郎、起居舍人、权中书舍人、建康留守等职。意气豪迈，为南渡初著名豪放派爱国词人。有《于湖词》传世。《全宋词》存词二百二十余首。

六州歌头

长淮望断，关塞莽然平。征尘暗，霜风劲，悄边声，黯销凝①。追想当年事，殆天数，非人力。洙泗上，弦歌地，亦膻腥②。隔水毡乡，落日牛羊下③，区脱纵

横。看名王宵猎，骑火一川明。笳鼓悲鸣，遣人惊。念腰间箭，匣中剑，空埃蠹^①，竟何成！时易失，心徒壮，岁将零。渺神京，干羽方怀远，静烽燧，且休兵。冠盖使，纷驰骛，若为情！闻道中原遗老，常南望、翠葆霓旌。使行人到此，忠愤气填膺，有泪如倾。

【注释】

①黯销凝：暗自伤神，以写遥望时的悲愤心情。

②膻腥：牛羊的腥臊气。这里指被金兵所蹂躏。

③"落日"句：语本《诗经·王风·君子于役》："日之夕矣，牛羊下来。"

④空埃蠹：徒然布满尘土，遭到蠹虫蛀蚀。此指武器长久放置不用。

【赏析】

绍兴三十二年（1162），张孝祥在建康留守张浚幕府参加宴会，作此词发抒对于朝廷不思复国的悲愤。这是一首令人涕泪纵横的爱国词的名篇。上片描写江淮前线宋金对峙的形势。表现撤废守备后的荒凉，以及作者之忧虑。"当年事"即指北宋灭亡的惨祸，"殆天数，非人力"意思是说国家遭难，乃朝廷一味妥协求和所造成的。以下并具体表现了其悲惨后果。"名王宵猎"是写眼前敌人气焰嚣张。换头感叹、自己壮志难酬。接下来揭示出统治者与人民群众的尖锐对立。最后三句直抒胸臆，为神州分裂而泪下如雨。全词由景而情，沉郁顿挫，节奏急促，声情悲壮，是一首慷慨悲歌。

念奴娇·过洞庭

洞庭青草，近中秋、更无一点风色。玉界琼田三万顷，着我扁舟一叶。素月分辉，明河共影，表里俱澄澈。悠然心会，妙处难与君说。　　应念岭海经年，孤光自照，肝胆皆冰雪。短发萧疏襟袖冷①，稳泛沧浪空阔。尽吸西江，细斟北斗，万象为宾客②。扣舷独啸，不知今夕何夕③。

【注释】

①萧疏：稀少。

②万象：宇宙之间的万物。

③此句出自《诗经·绸缪》：“今夕何夕，见此良人。”后常用以赞叹良辰美景。

【赏析】

这首中秋词独标一格，是词人泛舟洞庭湖时即景抒怀之作。开篇直说地理与季节，然后写湖面广阔，小舟轻荡。月亮与银河相辉映，整个宇宙都变得无比澄明，会感到自己的灵魂得到净化。此时作者想起岭南一年的官宦生涯，感到自己无所愧疚，小人的诬陷是徒劳的。

但想到如此勤政劳碌，头发渐稀，不免心酸，但由于自己坚持正道，坚持自己的人生准则，又使他稍感安慰。他要用北斗做酒勺，舀尽长江做酒浆来个痛饮。

作者抓住八月洞庭月色这一特殊的景观，创造出冰清玉洁的意境，表现出自己肝胆照人的人格，体现出超越尘俗的理想情操。格调昂奋，布局从容。确系宋词中写景明志的佳构。

陆　游

陆游（1125～1210），字务观，号放翁，越州山阴（今浙江省绍兴市）人。绍兴二十三年（1153）应进士第，名列第一，因触怒秦桧而除名。桧死始出为宁德县主簿。孝宗时，赐进士出身，任枢密院编修兼圣政所检讨。出朝，历任镇江、隆兴、夔州通判。后至川陕佐王炎、范成大幕。淳熙五年（1178）东归，在江西、浙江任职，终因坚持抗金而被谗落职，闲居山阴二十余年。宁宗喜泰初，复诏同修国史，升宝章阁待制。晚年复居山阴。南宋伟大的爱国主义诗人，所作我抒报国壮怀和报国无路的悲愤。慷慨苍凉，晚年多清旷自然之作。亦工词，词风雄旷悲凉，亦有闲适萧散之作。有《剑南诗稿》、《渭南文集》、《老学庵笔记》、《南唐书》等。词存《放翁词》一卷。

卜算子·咏梅

驿外断桥边①，寂寞开无主。已是黄昏独自愁，更著风和雨②。　　无意苦争春，一任群芳妒。零落成泥碾作尘，只有香如故③。

【注释】

①驿：古代大路上的交通站。

②更着：又加上，又遭到。

③如故：同以前一样。

【赏析】

此词通过咏梅表现词人的思想人格。上片写梅的处境和遭遇：其孤独与悲哀，无以复加，还要加上风雨催逼！下片写梅的气节操守：无意争春，即便是零落成泥，依然保持那一份清香！我们从梅花的命运与品格中既可看到词人仕途坎坷的身影；读出词人清高自守、孤高正洁的精神世界。

史达祖

史达祖（生卒年不祥），镱字邦卿，号梅溪，汴（今河南开封）人。科考不第，曾师事张镱，后为权相韩郏胄堂吏，掌管撰拟文稿，颇受信任。韩伐金失败被诛，他受牵连被处黥刑，死于贫困之中，他的词以咏物见称，善用白描手法，语言清丽。姜夔说他"奇秀清逸"，"能融情景于一家。会句意于两得"。但用笔多涉纤巧，重形式，尚雕琢，缺乏时代气息，境界不高。有《梅溪词》一卷。

双双燕·咏燕

过春社了，度帘幕中间，去年尘冷①。差池欲住②，试入旧巢相并。还相雕梁藻井，又软语商量不定。飘然快拂花梢，翠尾分开红影。芳径，芹泥雨润。　　爱贴地争飞，竞夸轻俊。红楼归晚，看足柳昏花暝③。应自栖香正稳，便忘了、天涯芳信④。愁损翠黛双蛾，日日画阑独凭。

【注释】

①去年尘冷：仍是寒冷的去年留下的尘土，喻指主人生活的清冷寂寞和情绪低落。

②差池：形容双燕齐飞时翅膀扇抖参差不齐的姿态。

③柳昏花暝：黄昏中的柳色花容。

④天涯芳信：来自远方的情书。

【赏析】

此篇系作者的自度曲，词牌、词题和内容一致，系词中咏物名篇。上片写春燕归来寻旧巢的过程，将双燕人格化和情绪化，它们由踌躇到安居，由安居到出外衔泥，将其形神恣态和内心活动刻画得维妙维肖。下片写双燕在大自然中的自得，并转写红楼佳人的怨情。红楼人看得双燕出神，更怜自己之孤独。这当然会愁损容颜。下段后半更将闺怨融入双燕的活动，全篇由此更显得缠绵悱恻。此作多用白描，语言凝炼，画面生动，令人赏心悦目。

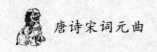

绮罗香·咏春雨

做冷欺花^①，将烟困柳^②，千里偷催春暮^③。尽日冥迷，愁里欲飞还住^④。惊粉重^⑤，蝶宿西园；喜泥润，燕归南浦^⑥。最妨它佳约风流，钿车不到杜陵路^⑦。沉沉江上望极^⑧，还被春潮晚急，难寻官渡^⑨。隐约遥峰，和泪谢娘眉妩^⑩。临断岸，新绿生时，是落红，带愁流处。记当日，门掩梨花，剪灯深夜语。

【注释】

①做冷欺花：这句说春雨寒凉，侵袭了开放的花朵。

②将烟困柳：这句说，春雨迷蒙，如烟雾般笼罩着柳树。

③"千里"句：意谓雨下的范围很广，暗暗地催促暮春早日到来。

④"尽日"句：意谓整日春雨绵绵，愁云密布，蝶、燕因暮云凄迷而栖息不飞。

⑤粉重：雨水打湿了蝴蝶，身重难飞。

⑥"喜呢"二句：由于下雨，泥土湿润，适于燕子衔泥筑巢。　南浦：泛指西南的水边草地。

1744

⑦钿车：古代贵家女子乘坐的用螺钿装饰的车子。或指有彩饰的车子。　杜陵：汉代县名。这两句写由于春雨连绵，纺碍了仕女们的游春活动。

⑧沉沉句：极目远望，江上烟波迷茫天际。

⑨官渡：官府设的渡船。

⑩谢娘：唐时歌妓名，这里泛指歌女。　眉妩：即妩媚。以上两句意谓隐隐约约的远处山峰，好像和带着泪痕的仕女的眉峰一样妩媚好看。

【赏析】

此词系咏春雨之作，通篇未出题字，但春雨意象贯穿全篇，上片先用拟人手法，写春雨带来阵阵寒冷，大好春光也随之消逝。接着从正面描叙春雨尽日绵绵不断，然后写物与人对迷蒙春雨的感受。下片集中写春雨中的别怨。先写作者傍晚眺望雨中江上景色，渡口春潮，舟楫无影，远山如美女被泪水湿润的眉毛，落花片片，含怨漂流。"梨花"句用李重元《忆王孙》"雨打梨花深闭门"境界；"剪灯"句用李商隐《夜雨寄北》诗意，余韵袅袅。本篇摹写景物，精致工巧，语言优美，富有情韵，能引人进入词中所写如画之境界。

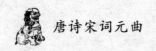

刘辰翁

刘辰翁（1232～1297），字会孟，号须溪，庐陵（今江西吉安）人。补太学生，景定三年（1262），考进士时，廷试对策、杵权臣贾似道，因而列入丙等，以亲老，请濂溪书院山长（院主持人）。宋亡后，隐居不仕。

刘辰翁是宋末元初大词人，其作品主要反映当时的现实，悼念故国等。风格遒劲，情辞跌宕，属于豪放派。一生著述甚丰，有《须溪集》百卷，《须溪词》三百五十首。

永遇乐

余自乙亥上元①，诵李易安《永遇乐》，为之涕下。今三年矣，每闻此词，辄不自堪。遂依其声，又托之易安自喻。虽辞情不及，而悲苦过之。

璧月初晴②，黛云远淡③，春事谁主？禁苑娇寒，湖堤倦暖，前度遽如许④，香尘暗陌，华灯明昼，长是懒携手去⑤。谁知道，断烟禁夜，满城似愁风雨⑥。

宣和旧日⑦，临安南渡，芳景犹自如故。缃帙流离⑧，风鬟三五⑨，能赋词最苦。江南无路⑩，鄜州今夜⑪，此苦又能知否？空相对，残釭无寐，满村社鼓⑫。

【注释】

①乙亥：恭宗德佑元年（1275）。　上元：即元宵节。

②璧月：像璧玉般的圆月。

③黛云：青绿色的云。

④禁苑：供皇帝游玩、打猎的林园。　娇寒：轻寒。　湖堤：代指两湖。　倦暖：温暖得使人产生倦意。　前度：用刘禹锡事。刘禹锡于元和十年从贬地被召回长安，游玄都观，写诗一首，以咏桃花和讥咏新贵，被再贬出长安。十四年后，又被召回复职，故地重游，写了《再游玄都观》诗："百亩庭中半是苔，桃花净尽菜花开。种桃道士归何处，前度刘郎今又来。"遽：仓猝，忽然。

⑤香尘暗陌：形容车马络绎，游众多。这三句写京师昔日的繁华景象。

⑥断烟禁夜：饮烟断了，表明京城里的人已经很少（多逃亡避乱）。禁夜：实行军事戒严，禁止夜行。这三句写临安沦陷的恐怖气氛。

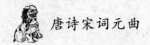

⑦宣和：宋徽宗的年号。

⑧缃帙流离：指李清照所收藏的书籍和金石书刻在南逃途中散失。缃帙，浅黄色的书衣，代指书卷。

⑨风鬟三五：写李清照南渡后，常忆及宣和年间的汴京旧事，每逢三五（元宵节）月明时感怀，写下很多倾诉哀愁的词。

⑩江南无路：江南已沦陷。

⑪鄜州：当时抗元战争仍在江南一带进行。作者的家乡，在庐陵（今江西吉安），欲归不得。他怀念家中的亲人，只有像杜甫身陷长安一样苦吟，"今夜鄜州月，闺中只独看"一类诗句。

⑫苄：灯。　社鼓：指春天村社祭祀时的鼓声。

【赏析】

此词前有小序，阐明了作者写作意图：哀悼南宋灭亡。词内容为吟咏元宵节令。"春事谁主"写出了江山易主之悲愤。接下三句写重到临安，那里却已成为元人领地。将昔日与今夕元宵节情形作对比描写，更表现出深愁无限。换头追叙由北宋末到南渡初一直至今日的痛史。"缃帙"、"风鬟"三句写李清照在北宋亡后书卷遗失，与序中内容呼应。结尾进一步发抒国破家亡后的惨痛之情。全词吞吐往复，极写南宋灭亡后的哀苦，流荡出强烈的爱国情热。

摸鱼儿·酒边留同年徐云屋

怎知他、春归何处，相逢且尽樽酒。少年衮衮天涯恨①，长结西湖烟柳。休回首，但细雨断桥，憔悴人归后。东风似旧，问前度桃花：刘郎能记，花复认郎否②？君且住，草草留君剪韭。前宵正恁时候。深杯欲共歌声滑，翻湿春衫半袖。空眉皱，看白发樽前，已似人人有。临分把手，叹一笑论文。清狂顾曲③，此会几时又。

【注释】

①天涯恨：飘泊异乡之恨。

②"问前度"三句：语本刘禹锡《再游玄都观》："百亩庭中半是苔，桃花净尽菜花开。种桃道士归何处，前度刘郎今又来。"此处"刘郎"是词人自指。

③顾曲：指欣赏音乐。

【赏析】

这是一首即事抒情之作，写的是因留友饮酒而引发起的忆旧情怀。首句写"不管春归，但只饮酒"的牢骚，是对南宋败亡以后的沉痛伤感，"少年"两句追忆

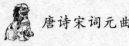

词人与徐云屋早年结友，为家国大事共同忧虑奔波。"休回首"即不堪回首，旧地重游，江山易主，连花都在伤感赵宋的灭亡。换头点明"留"旧友"酒边"共饮意，强调二人纯真的友谊。"前朝"三句叙说怀念故国之情，结句故作乐观放达，实则是含笑的苦涩，表现出亡国遗民的无奈。词风老到，语言质朴，颇为厚重。

宝鼎现·丁酉元夕

红妆春骑，踏月花影，千旗穿市。望不尽璚楼歌舞，习习香尘莲步底。箫声断，约彩鸾归去，未怕金吾①呵醉。甚辇路喧阗且止？听得念奴②歌起。　　父老犹记宣和事，抱铜仙清泪如水。还转盼沙河多丽。滉漾明光连邸第，帘影冻，散红光成绮。月浸蒲桃十里。看往来神仙才子，肯把菱花扑碎？　　肠断竹马儿童，空见说三千乐指。等多时春不归来，至春时欲睡。又说向灯前拥髻，暗滴鲛珠坠。便当日亲见《霓裳》③，天上人间梦里。

【注释】

①金吾：汉代官名，即执金吾。

②念奴：唐天宝时著名歌女。

③霓裳：乐曲名。

【赏析】

在宋亡近二十年后的远宵夜，作者感慨今昔，写下此词，以寄托亡国哀思。全词三段。一段写丁酉元夕灯市的热闹志面，暗示怀旧主旨。二段换头直抒怀恋前朝之意。三段写前朝遗民，暗地垂泪，缅怀往事，徒有天上人间之感，更使人无限伤悲。词意凄婉，韵味深长。

兰陵王·送春

送春去，春去人间无路。秋千外芳草连开，谁遗风沙暗南浦？依依甚意绪？谩忆海门①飞絮。乱鸦过，斗转城荒②，不见来时试灯处。　　春去，最谁苦？但箭雁③沈边，梁燕无主，杜鹃声里长门暮。想玉树凋土，泪盘如露。咸阳送客屡回顾，斜日未能渡。春去，尚来否？正江令恨别，庚信愁赋。苏堤尽日风和雨。叹神游故国，花记前度。人生流落，顾孺子④，共夜语。

【注释】

①海门：地名，今江苏南通县东，宋初，犯死罪获贷者，配隶于此。

②斗转城荒：指转眼间南宋都城临安变为一座荒城。

③箭雁：中箭而坠逝的大雁。沉边，谓去而不回，消失于边塞。

④孺子：辰翁有子名将孙，亦善作词。

【赏析】

此首词作于丙子（宋德祐二年，即1276年）春末，元人此年三月攻入南宋都城临安。刘辰翁写此词明言送春，实悼宋亡。故悲恻凄凉。全词三段，一段由"送春去"起调，"人间无路"极写辛酸悲咽。"斗转城荒"诉说临安陷落，"不见来时试灯处"尤有深意：宋代元宵灯节甚为繁盛，又以徽宗时为最，北宋灭亡，原因之一即徽宗耽于享乐之故，故此"不见""试灯处"，乃隐刺之微言。二段由"春去谁最苦"的设问，陈述宋亡而爱国军民最为痛苦的事实。"送客屡回顾"状写宋官室被掳掠北去的凄惨境况。三段由"春去尚来否"的设问，暗示宋朝大势已去，恢复无望。国家灭亡，自己也成了无家可归的漂泊者……全词一线贯穿，将"送春"意脉与"哀宋亡"主旨巧妙融合，凄绝哀怨，寄托甚深。

姜　夔

　　姜夔（1155～1209），南宋词人、诗人、音乐家。字尧章，自号白石道人。饶州鄱阳（今江西波阳）人。尤以词著称。亦工诗。有《白石道人诗集》一卷、《白石道人歌曲》四卷、《白石道人诗说》一卷、《绛贴平》、《续书谱》等。

扬州慢①

　　淳熙丙申至日，予过维扬②。夜雪初霁，荠麦弥望。入其城，则四顾萧条，寒水自碧，暮色渐起，戍角悲吟。予怀怆然，感慨今昔，因自度此曲③。千岩老人以为有《黍离》之悲也。

　　淮左名都，竹西佳处，解鞍少驻初程。过春风十里，尽荠麦青青。自胡马窥江去后，废池乔木，犹厌言兵。渐黄昏，清角吹寒，都在空城。杜郎俊赏，算而今重到须惊。纵豆蔻词工，青楼梦好，难赋深情。二十四桥仍在，波心荡、冷月无声。念桥边红药，年年知为

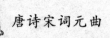

谁生。

【注释】

①扬州慢：词牌名。姜夔自度曲，原注"中吕宫"调。

②予：我。维扬：指江苏扬州。《尚书·禹贡》说："淮海维扬州。"后人因以"维扬"别称扬州③。自度：指自制曲谱。

【赏析】

这首词是词人的代表作之一。起调写扬州系唐时名城，故慕名而访。四、五句以两景作比，一是唐代春风十里扬州路，一是眼前的无限荒凉，接下"自胡马"数句，便显得极沉痛、悲怆。"废池乔木，犹厌言兵"，极写战争给人民带来的深重灾难和人们心中的创痛。"渐黄昏"折入眼前，空旷的废城，令人不寒而栗！换头又以杜牧诗境与扬州现境对比，更显今日扬州之零落不堪，令人神伤。

此词在艺术表现上也很有特色，词中游历扬州城的时间线索与空间线索均与杜牧的诗句相粘着，仿佛词人是以当年杜牧的眼光来游历扬州，使反差更加强烈，亦强化了作品的审美质素。

一萼红[①]

　　丙午人日，予客长沙别驾之观政堂。堂下曲沼，沼西负古桓，有卢橘幽篁，一径深曲。穿径而南，官梅数十株，如椒如菽，或红破白露，枝影扶疏。著屐苍苔细石间，野兴横生，亟命驾登定王台，乱湘流入麓山。湘云低昂，湘波容与[②]，兴尽悲来，醉吟成调。

　　古城阴，有官梅几许，红萼未宜簪。池面冰胶，墙腰雪老，云意还又沈沈[③]。翠藤共闲穿径竹，渐笑语惊起卧沙禽。野老林泉，故王台榭，呼唤登临。　　南去北来何事？荡湘云楚水，目极伤心。朱户粘鸡，金盘簇燕，空叹时序侵寻。记曾共西楼雅集，想垂杨还袅万丝金。待得归鞍到时，只怕春深。

【注释】

　　①一萼红：词牌名。《乐府雅词》有北宋无名氏仄韵《一萼红》词一首，上阙末句为"未教一萼红开鲜蕊"，故名《一萼红》。姜夔这首为平韵。

　　②容与：舒缓貌。这里指江水流动缓慢。

　　③冰胶：冰胶着在水面，意谓冰未融化。雪老：久未融化的残雪。沈沈：同"沉沉"。茂盛貌，这里指云

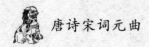

浓厚堆积貌。

【赏析】

这首词作者写自己客居长沙时的一次观览登临。依次写来,色彩纷呈,极富幽趣。换头"南去北来何事"紧承上片游览劈头发问,而引发出以下"伤心",颇值玩味。"朱户"、"金盘"又接"空叹",流露备受压抑之忿懑,全篇以伤春作结。全词极尽委曲地表现了序中所谓"兴尽悲来"的心路历程。惹人深长思之。

霓裳中序第一①

丙午岁,留长沙,登祝融,因得其祠神之曲,曰《黄帝盐》、《苏合香》。又于乐工故书中得商调《霓裳曲》十八阕,皆虚谱无辞。按沈氏乐律"《霓裳》道调",此乃商调。乐天诗云"散序六阕"②,此特两阕。未知孰是?然音节闲雅,不类今曲。予不暇尽作,作《中序》一阕传于世。予方羁游,感此古音,不自知其辞之怨抑也。

亭皋正望极,乱落红莲归未得③。多病却无气力,况纨扇渐疏,罗衣初索。流光过隙,叹杏梁双燕如客。人何在?一帘淡月?仿佛照颜色。   幽寂,乱蛩吟壁，动庾信清愁似织。沈思年少浪迹，笛里关山，柳下坊陌。坠红无信息，漫暗水涓涓溜碧。漂零久，而今何意，醉卧酒垆侧！

【注释】

①霓裳中序第一：词牌名，是姜夔根据《霓裳曲》的"中序第一"的曲谱制作的。

②乐天：唐诗人白居易字乐天。

③亭皋：水边的高而平之地。望极：望到极目之处。乱落红莲：表示是夏末秋初的时节。

【赏析】

此词写游子客中的幽怨与压抑。上片即景抒情，叹"双燕如客"，实为伤己之羁旅。"一帘淡月"二句转写思人之离愁。下片换头就秋气泻染悲情，"坠红"二句承上片"流光过隙"作呼应，发出"醉卧酒楼"的无可奈何之叹。此词丝丝入扣，极尽飘零的孤苦与凄凉，颇有杜甫《登高》一诗的流韵。

八归·湘中送胡德华

芳莲坠粉，疏桐吹绿，庭院暗雨乍歇。无端抱影销

魂处，还见篠墙萤暗，藓阶蛩切①。送客重寻西去路，问水面琵琶谁拨。最可惜一片江山，总付与啼鴂②。长恨相从未款，而今何事，又对西风离别③。渚寒烟淡，棹移人远，缥缈行舟如叶。想文君望久，倚竹愁生步罗袜。归来后，翠尊双饮，下了珠帘，玲珑闲看月。

【注释】

①无端：无缘由。抱影：形容形单影只，独自一

人。销魂：形容忧伤愁苦的样子像丢了魂似的。篠：小竹。篠墙，以竹子编扎成的篱笆墙。萤暗：萤火虫发光幽暗。藓阶：长满苔藓的台阶。

②鸠：鹈鸠，即杜鹃，子规。古人传说子规啼鸣出血，鸣声悲切，词中作为惜别的象征。这二句是说，江山虽美，可是总多离别的难堪。

③相从：指两人的交往。款：款洽，相处得融洽。西风：秋风。秋风容易兴悲。

【赏析】

本篇系白石三十二岁漫游湖南时，送别友人之作。

上片通过对莲花、疏桐、暗雨、流萤、苔藓、蟋蟀声的描绘，创造出与友人离别前黯然销魂的凄凉氛围。下片抒写惜别之情。

翠楼吟

淳熙丙午冬，武昌安远楼成，与刘去非诸友落之，度曲见志。予去武昌十年，故人有泊舟鹦鹉洲者，闻小姬歌此词，问之，颇能道其事，还吴为予言之。兴怀昔游，且伤今之离索也①。

月冷龙沙，尘清虎落，今年汉酺初赐。新翻胡部曲，听毡幕元戎歌吹。层楼高峙，看槛曲萦红，檐牙飞翠。人姝丽，粉香吹下，夜寒风细。　　此地，宜有词仙，拥素云黄鹤，与君游戏。玉梯凝望久，叹芳草萋萋千里。天涯情味，仗酒祓清愁，花销英气②。西山外，晚来还卷；一帘秋霁③。

【注释】

①离索：离群索居。形容孤独寂寞。

②祓：消除。清愁：指愁绪凄凉。英气：英雄气概。这三句是说，这种作客天涯的情味，只能饮酒消愁，在赏花饮酒中消磨英雄气概。

③霁：雨雪停，天气晴。王勃《滕王阁》诗："画栋朝飞南浦云，朱帘暮卷西山雨。""西山外"三句化用王勃诗意。

【赏析】

此词为武昌安远楼初成而赋。

上片写武昌安远楼，已将"武昌安远楼成"题面缴足。

下片转入登楼抒怀。"此地"四句，用崔颢《黄鹤楼》诗意，因楼高入云而有潇洒出尘之想。"玉梯"二句一转，望远生愁。"天涯"三句再一转，有花有酒，可解清愁。"酒"承前"汉酺"，"花"承前"姝丽"，又

归入"落成"本题。"西山"三句，晚晴气象，微露期望振作之意。

踏莎行①

自沔东来，丁未元日至金陵，江上感梦而作。

燕燕轻盈，莺莺娇软。分明又向华胥见②。夜长争得薄情知？春初早被相思染。别后书辞，别时针线。离魂暗逐朗行远③。淮南皓月冷千山，冥冥归去无人管。

【注释】

①踏莎行：词牌名。又名平阳兴、踏雪行、潇潇雨等。

②华胥：《列子·黄帝》："黄帝昼寝而梦，游于华胥氏之国。"因用"华胥"指梦。

③离魂：离开身体的魂魄。古人相信因思念之深，魂魄可以离体而相随。所以说"离魂暗逐朗行远"。

【赏析】

小题指出本词写作时间是孝宗淳熙十四年（1187年）正月初一，地点是在金陵附近的江上舟中。词虽短小，但写得纡回曲折，含蓄而多不尽之意。

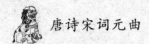

上片写梦中人的体态、言谈、举止，形象真切动人。下片中借用"倩女离魂"的故事，设想梦中人与自己相会后又孤魂夜归的凄凉景况，构思新奇，耐人寻味。

杏花天影①

丙午之冬，发沔口，丁未正月二日，道金陵，北望淮楚，风日清淑，小舟挂席，容与波上。

绿丝低拂鸳鸯浦。想桃叶当时唤渡。又将愁眼与春风，待去。倚兰桡更少驻②。金陵路，莺吟燕舞。算潮水知人最苦。满汀芳草不成归，日暮。更移舟向甚处③？

【注释】

①杏花天影：词牌名。作者在"杏花天"词牌基础上稍作了改造。

②兰桡：木兰树的船桨，是船桨的美称。少驻：稍稍停留。"又将"三句是说，现在又是春风满面，满眼春愁的时候，待要离去，又依依不舍，依桨暂驻，愁眼"北望淮楚"。

③甚处：何处。"满汀"三句是说，芳草满汀洲，合肥春正好，天色已晚，仍归去不得，又要移船他行，

到底要载我向何处?

【赏析】

此词系思念远方恋人而作。上片由"桃叶"而触动思念远人的愁思。"待去"写出欲去未去的踌躇。下片向恋人表白身不由己的隐痛。细针密线,深情动人。

点绛唇①·丁未冬过吴松作

燕雁无心,太湖西畔随云去。数峰清苦,商略黄昏雨。　　第四桥边,拟共天随住。今何许②?凭栏怀古,残柳参差舞。

【注释】

①点绛唇:词牌名。又名十八香、万年春、点樱桃等。

②何许:何处。今何许,意谓古人今在何处。参差:长短、高低不齐貌。末三句是说,凭依着栏杆,抚今吊古,但古人何处?眼前只有残柳参差,随风飘舞。

【赏析】

这首词作于淳熙十四年(1187 年)。当时作者住在浙江湖州。这年春天,由杨万里介绍,前往苏州道经吴

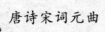

淞时。

这首词以移情手法使眼前景物附着作者自身的感时伤事之情。上片中用"清"、"苦"二字赋予寒山以感情色彩。下片中的"桥"、"柳"等物象，无不是诗人情感之外化。

琵琶仙

《吴都赋》云："户藏烟浦，家具画船①。唯吴兴为然。春游之盛，西湖未能过也。巳酉岁，予与萧时父载酒南郭②，感遇成歌。

双桨来时，有人似旧曲桃根桃叶。歌扇轻约飞花，峨眉正奇绝。春渐远、汀洲自绿，更添了几声啼鴂。十里扬州，三生杜牧，前事休说。　　又还是宫烛分烟，奈愁里匆匆换时节。都把一襟芳思，与空阶榆荚③。千万缕藏鸦细柳，为玉尊起舞回雪。想见西出阳关，故人初别。

【注释】

①具：有。画船：装饰华丽的游船。"户藏烟浦，家具画船"，李庚《西都赋》原文作"户闭烟浦，家藏画舟"。

②萧时父：萧德藻子侄之一，作者的一个妻兄弟。

③芳思：情思的美称，多指男女情思。唐李绅《北楼樱桃花》诗："多事东风入闺闼，尽飘芳思委江城。"一襟芳思，犹言满怀情思。

【赏析】

此词写游春感遇，回忆起往日恋情。上片写与恋人的初逢及离别。词人以杜牧自况，颇为伤感。又以"桃根桃叶"喻所恋，昭示生离死别之痛。换头说又到了寒食、清明，当年此时止与恋人悲惨地分手。结拍与起首呼应，结构浑成。全词意境空濛，韵致多姿，足堪品味。

词写触景怀人。作者从远距离渐次逼近的画舫女子写起，引发出自己对过去相识的女子的思念之情。

念奴娇

予客武陵，湖北宪治在焉。古城野水，乔木参天，予与二三友日荡舟其间，薄荷花而饮，意象幽闲，不类人境。秋水且涸，荷叶出地寻丈。因列坐其下，上不见日，清风徐来，绿云自动，间于疏处窥见游人画船，亦一乐也。揭来吴兴，数得相羊荷花中①。又夜泛西湖，

光景奇绝，故以此句写之。

闹红一舸，记来时尝与鸳鸯为侣。三十六陂人未到，水佩风裳无数。翠叶吹凉，玉容销酒，更洒菰蒲雨。嫣然摇动，冷香飞上诗句[②]。　　日暮青盖亭亭，情人不见，争忍凌波去。只恐舞衣寒易落，愁入西风南浦。高柳垂阴，老鱼吹浪，留我花间住，田田多少，几回沙际归路[③]。

【注释】

①相羊：即徜徉。漫游，徘徊之意。《离骚》："折若木以拂日兮，聊消遥以相羊。王逸注："逍遥、相羊，皆游也。"洪兴祖《补注》："相羊，犹徘徊也。"

②嫣然：美好貌。冷香：指荷花的清凉香气。这二句是说，荷在迎风摆动，姿态优美，清凉的香气触动诗

人的诗兴。

③田田：荷叶相连貌。汉乐府《江南》："江南可采莲，莲叶何田田。"几回：意为不只一回。"

【赏析】

姜夔酷爱莲花，在武陵、吴兴等地曾荡舟荷塘，乐趣无限。淳熙间来往于杭州、湖州，本篇为其泛舟杭州西湖赏荷花而作。

上片写观赏荷花触发诗兴。起笔荡舟观荷，与鸳鸯为侣，意境美不胜收。及至荷塘深处，以服饰高洁、玉颜着酒、细雨洗尘、清风拂面等妙语刻画荷花，最为传神。冷香入诗，构想尤为高雅奇妙。下片担心荷花迟暮、西风摧折，流露出无限眷念。"日暮"暗含岁晚之意。"亭亭"状荷之形，"争忍"写荷之情，"只恐"写爱花人忧虑，"高柳"、"老鱼"，多情挽留，更使诗人依恋难舍。

淡黄柳①

客居合肥南城赤阑桥之西②，巷陌凄凉，与江左异③，唯柳色夹道，依依可怜④。因度此阕⑤，以纾客怀⑥。

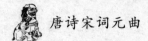

空城晓角，吹入垂杨陌⑦。马上单衣寒恻恻⑧。看尽鹅黄嫩绿⑨，都是江南旧相识。正岑寂⑩，明朝又寒食。强携酒⑪，小桥宅。怕梨花落尽成秋色⑫。燕燕飞来⑬，问春何在，唯有池塘自碧。

【注释】

①淡黄柳：词牌名。姜夔自度曲。

②赤阑桥：当是桥名，在当时合肥南城。作者作客合肥时曾寓居桥旁。作者《送范仲讷往合肥三首》之一："我家曾住赤阑桥，邻里相过不寂寥。君若到时秋已半，西风门巷柳萧萧。"

③江左：指长江下游的江南地区。

④可怜：可爱。

⑤因度此阕。因作这首词。

⑥纾：和缓，缓解。这里有抒发、排遣意。客怀：指作客异乡的情怀。

⑦角：军中号角。晓角，指早上吹的军号。合肥当时是边疆重镇，多有驻军。垂杨陌：两旁杨柳低垂的道路。这二句是说，早上的军号声在空荡的城里飘荡，一直吹入杨柳夹道的大街小巷。

⑧恻恻：悲凉凄清貌。晋潘岳《寡妇赋》："庶浸远而哀降兮，情恻恻而弥甚。"这里指风吹轻寒貌。唐韩

偓《夜深》诗：“恻恻轻寒剪剪风，小梅飘雪杏花红。”

⑨鹅黄嫩柳：刚出壳的小鹅的毛的黄色称鹅黄，后人多用“鹅黄”形容杨柳初出芽时的颜色。南唐成彦雄《柳枝词》：“鹅黄剪出小花钿，缀上芳枝色转鲜。”宋韩驹《馆中上元游葆真宫观灯》诗：“鸭绿未全生曲沼，鹅黄先已上柔柯。”这二句是说，合肥城里到处是刚出新芽，鹅黄嫩绿的杨柳，景致与江南一样。

⑩岑寂：寂静，寂寞。寒食：古代节名。寒食节在清明前一天（一说前二天），因禁止举火做饭，只能吃冷食，故名。

⑪强：勉强。小桥：即小乔，借指作者情人。据《三国志·周瑜传》，周瑜妻为小乔；其姐为大乔，孙策妻。作者《解连环》词：“为大乔能拨春风，小乔妙移筝，雁啼秋水。”一说，小桥指桥。“正岑寂”四句是说，明天又是寒食节，正是寂寞的时候，勉强带着酒去情人处共饮。

⑫“怕梨花”句：李贺《河南府试十二月乐词·三月》诗：“曲水漂香去不归，梨花落尽成秋苑。”梨花落是秋天。

⑬燕燕：燕子。《诗经·邶风·燕燕》：“燕燕于飞，差池其羽。”“燕燕”三句是说，燕子飞来，春天已去，

只有池塘还留一池碧水。南朝谢灵运《登池上楼》诗："池塘生春草，园柳变鸣禽。"作者于此化用谢诗句意。

【赏析】

此词写游子客中的伤春愁绪。上片写晨起见早春柳色，不觉想念江南。下片时间移至寒食，携酒寻找所恋，突出"怕梨花落尽成秋色"的人生感喟。"唯有池塘自碧"的境界，则表现出对于人生与自然的无奈。此词清脆空灵，道尽闲愁中的人们的迷惘和惶惑。

长亭怨慢

予颇喜自制曲，初率意为长短句，然后协以律，故前后阕多不同。桓大司马云："昔年种柳，依依汉南①；今看摇落，凄怆江潭；树犹如此，人何以堪！"此语予深爱之。

渐吹尽枝头香絮。是处人家。绿深门户。远浦萦回，暮帆零乱向何许？阅人多矣，谁得似长亭树②？树若有情时，不会得青青如此！　日暮，望高城不见，只见乱山无数。韦郎去也，怎忘得玉环分付？第一是早早归来，怕红萼无人为主。算空有并刀，难剪离愁千缕③。

【注释】

①依依：轻柔貌。《诗经·小雅·采薇》："昔我往矣，杨柳依依。"一说，依依，盛貌。汉南：汉水之南。

②阅人：经历人事，观察人。长亭树：长亭旁的柳树。戴叔伦《赋得长亭柳》诗："濯濯长亭柳，阴连灞水流。"

③"并刀"：这二句是说，就算是有"并州剪"，也剪不断这千丝万缕的离愁。

【赏析】

这首词大约是作者在光宗绍熙二年（1191 年）离合肥时，与情侣惜别之作。合肥情侣所居巷陌，多种极柳。

上片即借咏柳抒离怀。下片叙写告别场景和情事。

暗　香①

辛亥之冬，予载雪诣石湖②。止既月，授简索句，且征新声。作此两曲，石湖把玩不已，使工妓隶习之，音节谐婉，乃名之曰《暗香》、《疏影》。

旧时月色，算几番照我，梅边吹笛。唤起玉人，不

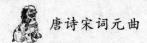

管清寒与攀摘。何逊而今渐老，都忘却春风词笔。但怪得竹外疏花，香冷入瑶席。　　江国，正寂寂③。叹寄与路遥，夜雪初积。翠尊易泣，红萼无言耿相忆。长记曾携手处，千树压西湖寒碧。又片片吹尽也，几时见得④？

【注释】

①暗香：词牌名。与下篇《疏影》都是姜夔自度曲。

②载雪：乘船冒雪。诣：前往，去到。石湖：南宋著名诗人范成大，号石湖居士。

③江国：指江南水乡泽国。

④"又片片"二句：眼前是梅花飘落时节，什么时候才能再见梅花和那携手赏梅的人。

【赏析】

历代诗人墨客酷爱梅竹，白石亦如是，故咏梅之词颇多。此词是白石客居范成大宅邸时所作。上片前半追忆往昔在杭州西湖月夜赏梅的情景，后半抒写今日赏梅景况，情怀凄清索寞。下片前半承上写今日赏梅的遥远思念，再写离愁别绪，结拍回到眼前，写梅的凋残，表现出无限怅恨。此词将咏梅与忆念"玉人"相交相织为一，时空跳跃幅度较大，穿插典故，咏物寄情，形神兼备，情趣高洁。

疏　影

　　苔枝缀玉，有翠禽小小，枝上同宿。客里相逢，篱角黄昏，无言自倚修竹。昭君不惯胡沙远，但暗忆江南江北。想佩环月夜归来，化作此花幽独①。　　犹记深宫旧事，那人正睡里，飞近蛾绿。莫似春风，不管盈盈，早与安排金屋。还教一片随波去，又却怨玉龙哀曲②。等恁时重觅幽香，已入小窗横幅③。

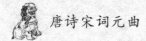

【注释】

①佩环：女子的佩玉之类的首饰。代指昭君，比喻梅花。杜甫《咏怀古迹》之三："画图省识春风面，环佩空归月夜魂。""昭君"四句是说，王昭君远嫁匈奴，不习惯胡地风沙之苦；作者想像她在月夜化作幽独的梅花归来。

②玉龙：笛子名。当因雕成龙形而命名。哀曲：指笛子曲《梅花落》。李白《与史郎中钦听黄鹤楼上吹笛》诗："黄鹤楼中吹玉笛，江城五月落梅花。"这二句承上而来，是说，春风又吹落一片梅花，随波而去，又该怨笛子吹出的《梅花落》真太哀伤了。

③恁时：那时。指梅花尽时。横幅：指横幅的图画。这二句是说，等到梅花落尽时，要寻梅花幽香，只有在窗上的画幅上寻找了。

【赏析】

姜夔有《暗香》、《疏影》，两词堪称咏梅花的姊妹篇。是他在南宋光宗绍熙二年到苏州范成大的家里作客时写的。姜夔是通过杨万里的介绍同范认识的。据说，姜夔写了《暗香》、《疏影》二曲，因其音节清婉，为范所赞赏，于是赠以侍婢小红。姜携小红归吴兴，过垂虹桥时，在大雪中赋诗："自琢新词韵最娇，小红低唱我

吹箫。曲终过尽松陵路，回首烟波十四桥。"很有点扬扬得意的神气。

张炎对白石这两首咏梅词推崇备至，说："《暗香》、《疏影》两曲，前无古人，后无来者；自立新意，真为绝唱。诚哉斯言也。

齐天乐

丙辰岁，与张功父会饮张达可之堂。闻屋壁间蟋蟀有声，功父约予同赋①，以授歌者。功父先成，辞甚美。予徘徊茉莉花间，仰见秋月，顿起幽思，寻亦得此。蟋蟀，中都呼为促织，善斗。好事者或以三二十万钱致一枚，镂象齿为楼观以贮之。

庾郎先自吟愁赋，凄凄更闻私语。露湿铜铺，苔侵石井，都是曾听伊处②，哀音似诉，正思妇无眠，起寻机杼。曲曲屏山，夜凉独自甚情绪。　　西窗又只暗雨，为谁频断续，相和砧杵③？候馆迎秋，离宫吊月，别有伤心无数。幽诗漫与，笑篱落呼灯，世间儿女④。写入琴丝，一声声更苦。

【注释】

①同赋：这里指一同作词。张镃咏蟋蟀词调寄《满

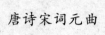

庭芳》，见其《南湖诗余》。

②铜铺：铜做的兽形门铺，装在门上做底座以扣住门环。苔侵石井：青苔长到了石做的井口和井栏上。伊：彼，他（它）。这里指蟋蟀。

③暗雨：夜雨。陈师道诗："暗雨来何急？寒房客自醒。"砧杵：捣衣用的垫石和槌棒。这三句是说，西窗外又下起雨，雨声、蟋蟀鸣叫声不知为谁断断续续地鸣响着，与远处捣衣的砧杵声相互应和。

④豳诗：《诗经》的《豳风》。这里指《豳风·七月》。《七月》里有描写蟋蟀的句子："七月在野，八月在宇，九月在户，十月蟋蟀入我床下。"漫与：这里指随意而作诗章。意谓《七月》中写蟋蟀的句子是率意而成的，以比自己这首咏蟋蟀的词也是随意吟成。篱落：篱笆。

【赏析】

这一篇咏物词，借描写蟋蟀悲鸣，倾泄人间幽恨。开篇点"愁"字，上片通过丰富的联想，抒发了自身的满腔愁情。词的下片插入"笑篱落呼灯，世间儿女"是"以无知儿女之乐，反衬出有心人之苦"，真可谓"最为入妙"。

庆宫春

绍熙辛亥除夕，予别石湖归吴兴，雪后夜过垂虹，尝赋诗云："笠泽茫茫雁影微，玉峰重叠护云衣。长桥寂寞春寒夜，只有诗人一舸归。"后五年冬，复与俞商卿、张平甫、铦朴翁自封禺同载诣梁溪，道经吴松，山寒天迥，云浪四合。中夕相呼步垂虹，星斗下垂，错杂渔火，朔吹凛凛，厄酒不能支①。朴翁以衾自缠，犹相与行吟，因赋此阕，盖过旬涂稿乃定。朴翁咎予无益，然意所耽，不能自己也。平甫、商卿、朴翁皆工于诗，所出奇诡，予亦强追逐之。此行既归，各得五十余解。

双桨莼波，一蓑松雨，暮愁渐满空阔。呼我盟鸥，翩翩欲下，背人还过木末。那回归去，荡云雪孤舟夜发②。伤心重见，依约眉山，黛痕低压。　　采香径里春寒，老子婆娑，自歌谁答？垂虹西望，飘然引去，此兴平生难遏。酒醒波远，政凝想明珰素袜。如今安在？唯有阑干，伴人一霎③。

【注释】

①厄：古代的一种盛酒器。支：支持。这句是说不胜酒力。

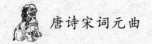

②那回归去：指绍熙辛亥年（一九九一）除夕别石湖归吴兴。荡云雪：云映水里，船荡波中，又冒雪而行，故说"荡云雪"③。安在：在哪里。阑干：即栏杆。一霎：一瞬间。形容时间短。

【赏析】

这是一首追忆与友人昔游之作。

此词前有一长序，对于我们了解该作提供了不少方便。此词写第二次过垂虹亭的感受，发思古之幽情。上片先写乘舟而来，满怀愁绪；接写江鸥，飞下又飞过；再写五年前冬日过此情境；最后写眼前青山还是像前次一样，若有无限伤心事。下片就"眉山黛痕"引发对西施的追忆，行间字里流露出对范蠡的企羡。最后"唯有阑干，伴人一霎"，写自己的孤独。此作最大特色在虚实间表现游踪和游思，清远幽渺，耐人寻味。

鹧鸪天·元夕有所梦

肥水东流无尽期。当初不合种相思。梦中未比丹青见，暗时忽惊山鸟啼①。 春未绿，鬓先丝②。人间别久不成悲。谁教岁岁红莲夜，两处沈吟各自知。

【注释】

①未比：不比，比不上。丹青：本是绘画用的颜料，后代称绘画。暗里：指梦中。这二句是说，梦里所见到的她依稀隐约，比不上画像看得真切。梦兴正浓时却又被山鸟的啼鸣惊醒。

②春未绿：无宵时刚入春未久，故说"春未绿"。鬓先丝：鬓角先已生了白发。

【赏析】

此词为词人怀念恋人所作。词首句以肥水"无尽期"起兴，慨叹相思之无尽期。"当初"句更显今日之沉痛。三句写梦忆，呼应"种相思"之痛。"暗里"句由梦中惊醒，天已破晓。换头极写二十年伤春如故的恒久之思。"人间别久不成悲"，道出人间至情至理，令人备感伤痛。"两处沉吟"收结全篇，是写对方亦在思恋词人。

李清照

李清照（1084～1155），南宋女词人。自号易安居士，济南（今属山东）人。著名学者李格非之女。夫赵

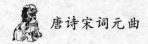

明诚，金石考据家。其词委婉清新，为时人推重，称为"易安体"。有《漱玉词》。

凤凰台上忆吹箫①

香冷金猊，被翻红浪，起来慵自梳头。任宝奁尘满②，日上帘钩。生怕离怀别苦，多少事欲说还休。新来瘦，非干病酒，不是悲秋。　　休休！这回去也，千万遍阳关，也则难留。念武陵人远，烟锁秦楼。惟有楼前流水，应念我终日凝眸。凝眸处，从今又添，一段新愁。

【注释】

①凤凰台上忆吹箫：词牌名。此名取自弄玉和萧史的故事。春秋时，秦穆公之女弄玉和善吹箫的萧史相爱结婚。弄玉吹箫似凤声，穆公为其筑凤台而居。后来，萧史乘龙，弄玉乘凤，双双升天而去。

②宝奁：装饰华丽的梳妆匣。

【赏析】

这首词是作者早期和丈夫赵明诚分别时写的。以曲折含蓄的口吻，表达了女性特有的深婉细腻的感情。

上片写分别之前作者心中的愁闷。"新来瘦，非干病酒，不是悲秋"，写"新来瘦"的真正原因在于伤别，写得很含蓄。下片"休"字以退为进，抒发苦闷、无奈和怨艾。

醉花阴^①

薄雾浓云愁永昼，瑞脑销金兽^②。佳节又重阳，玉枕纱厨，半夜凉初透。　　东篱把酒黄昏后^③，有暗香盈袖，莫道不销魂，帘卷西风，人比黄花瘦。

【注释】

①醉花阴：词牌名。

②"瑞脑"句：香炉里的瑞脑香燃完了。瑞脑：一种香料，一名龙脑，又名冰片。金兽：指兽形的铜香炉。

③东篱：指采菊之地。

【赏析】

此词系重九佳节为怀念丈夫而写。上片写半夜从枕席上的冷气，感到自身的孤独。重阳节也在孤独冷寂中度过。下片写黄昏时菊圃独饮。词人认为自身正如向晚的黄菊，伶仃瘦损。"莫道不消魂，帘卷西风，人比黄花瘦"是传诵千古的名句。以菊花自喻甚有创意；且符合词自身内心世界与外在环境，贴切传神。

念奴娇①

萧条庭院，又斜风细雨，重门须闭。宠柳娇花寒食尽，种种恼人天气。险韵诗成②，扶头酒醒，别是闲滋味。征鸿过尽，万千心事难寄。　　楼上几日春寒，帘垂四面，玉阑干慵倚。被冷香消新梦觉，不许愁人不起。清露晨流，新桐初引，多少游春意。日高烟敛，更看今日晴未③。

【注释】

①念奴娇：词牌名。念奴为唐代天宝中著名歌妓，因其声调高亢，遂取为调名。又名《百字令》、《大江东去》等。

②险韵：写诗用窄韵字做韵脚，这种字又少又难以押好，故称险韵。

③晴未：晴否，晴了没有。

【赏析】

此词为李清照前期春闺独处时的怀人之作。

词的上片写愁绪，写心事。通过写寒食节来临前的凄风苦雨之景使作者心"恼"，表现了作者的愁思之苦。词的下片抒写春寒的凄清和作者的百无聊赖，虽抒愁怨，但"清露晨梳"以下五句描绘春日美景，反映了作者复杂的心态。

永遇乐

落日熔金，暮云合璧，人在何处？染柳烟浓，吹梅笛怨①，春意知几许。元宵佳节，融和天气，次第岂无风雨？来相召②，香车宝马，谢他酒朋诗侣。　　中州盛日，闺门多暇，记得偏重三五。铺翠冠儿，捻金雪柳，簇带争济楚。如今憔悴，风鬟雾鬓③，怕见夜间出去。不如向，帘儿底下，听人笑语。

【注释】

①吹梅笛怨：即吹笛梅怨，笛子吹奏出了《梅花落》的凄凉悲怨曲调。梅：指《梅花落》乐曲名。

②"来相召"三句：平时与我饮酒做诗的朋友，派了豪华车子接我去欢度元宵节，我辞谢了。召：邀请。香车宝马：七香车与金珠装饰的马，泛指华贵的车马。谢：辞谢，谢绝。

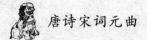

③风鬟雾鬓：形容妇女头发蓬松、散乱。

【赏析】

此词为李清照晚年咏元宵的一首词，借流落江南孤身度过元宵佳节所产生的种种感受，寄托深沉的今昔之感。通篇把昔日北宋都城的元宵与今日南渡飘泊逢元宵进行对比，表现了词人的凄凉伤感。上片起笔写元宵佳节日暮时分的"融和"景象。

中间插入"岂无风雨"之语，体现出作者饱经沧桑的忧虑心态。

下片以细致的笔墨追忆昔日汴京的元宵盛景，与如今之憔翠神态、寥落心理形成强烈反差，抒发了作者对故国的深情思念。

声声慢①

寻寻觅觅，冷冷清清，凄凄惨惨戚戚②。乍暖还寒时候，最难将息。三杯两盏淡酒，怎敌他晓来风急？雁过也，正伤心，却是旧时相识。　　满地黄花堆积，憔悴损③，如今有谁堪摘？守著窗儿，独自怎生得黑！梧桐更兼细雨，到黄昏、点点滴滴。这次第④，怎一个愁字了得！

【注释】

①声声慢：词牌名，又名《胜胜慢》。有平韵、仄韵两种，这首是仄韵体。

②戚戚：忧愁的样子。

③憔悴损：憔悴得厉害，指菊花枯萎凋损的样子。

④次第：情境，况味。

【赏析】

此词是李清照晚年流落江南，为抒发家国身世之恨而作的。

此词在《漱玉词》中，最为人称道。它写的是词人从早到晚一整天的愁绪。其妙处，首先在于叠字的运用。开篇三句十四个叠字，表现三种境界。"寻寻觅觅"，写人的动作、神态，"冷冷清清"，写环境的悲凉；"凄凄惨惨戚戚"，写内心世界的巨大创痛。同时，这几对叠字还造成音律的回环往复，加强了词作的音乐性。其次是借物抒情。上片用"淡酒"、"晚风"、"过雁"，下片用"黄花"、"梧桐"、"细雨"，都准确而形象地表现出内心的愁情，最后逼出"怎一个愁字了得"的强烈感愤，促然作结，而其沉痛无限。全词语言朴实，感受细腻，讲究声情，巧用叠字，满纸呜咽，动人心弦。

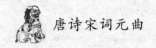

如梦令①

常记溪亭日暮，沉醉不知归路。兴尽晚回舟，误入藕花深处。争渡，争渡②，惊起一滩鸥鹭。

【注释】

①如梦令：词牌名。原名《忆仙姿》，相传为后唐庄宗自度曲，中有"如梦，如梦，残月落花烟重"句，后改今名。

②争渡：怎渡。争：怎。一说"争渡"为强渡，夺路。

【赏析】

此词回忆了少女时期外出游玩的欢乐情景。夕阳西下，暮色渐深，词人依着溪边的凉亭，听着潺潺的流水，酒兴沉酣，竟然忘了回去的路。直到很晚，兴致消淡了，才赶紧回返，却错将船儿划向了荷塘的深处。荷花密密丛丛，船儿无法前行，大家拍动着船桨，焦急地呼喊着：怎么划过去？怎么划过去？桨声、水声、人声惊醒了荷塘，扑楞楞飞起一片水鸥和白鹭。这首小令用简约的笔调描绘了一幅清新优美、生动活泼的画面。意境幽美曲折，形象鲜明生动，代表了清照早期词的风格。

如梦令

昨夜雨疏风骤，浓睡不消残酒^①。试问卷帘人^②，却道海棠依旧。知否？知否？应是绿肥红瘦。

【注释】

①"浓睡"句：意谓睡得很好，醒后，仍带着残余的酒意。残酒：残余的酒意。

②卷帘人：指正在窗前卷帘的侍女。

【赏析】

这是一首表达女主人公惜春之情的小令。昨天夜里，雨点虽然稀稀落落，风却刮得很急。沉沉地睡了一夜，酒意仍有些朦胧。清晨起来赶紧问那卷帘子的侍女："一夜风雨之后，海棠花怎么样了？"侍女却漫不经心地答道："还是那样吧！""知道吗？知道吗？叶子一定是茂盛了不少，可那花儿经过雨打风摧，肯定会变得更加稀少啊！"这首词只有寥寥三十三个字，内容却极为曲折丰富，几句富有个性的人物对话为人们描摹了一

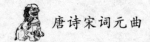

幅生动逼真颇有情趣的生活画面，刻画出女词人敏感细腻，对美好事物关切体贴的心态。"绿肥红瘦"一词，既新鲜又形象，既含蓄又凝练，给读者的印象尤为鲜明。

渔家傲

天接云涛连晓雾①，星河欲转千帆舞。仿佛梦魂归帝所，闻天语②，殷勤问我归何处。　　我报路长嗟日暮，学诗谩有惊人句。九万里风鹏正举，风休住，蓬舟吹取三山去。

【注释】

①"天接"二句：在拂晓时分，整个天宇云涛滚滚，雾气漫漫，银河缓缓流转。群星闪烁，似小船上下飞舞。云涛：云层舒卷如波涛起伏。星河：即银河。帆：指船只。

②闻天语：听见天帝说话。天：天帝。

【赏析】

这首词李清照是记述自己在梦中所经历的情景。天近拂晓，云涛翻卷，雾气茫茫，星光闪烁流动像千万面

帆船上下飞舞。词人的梦魂飞过这茫茫海天，回到天帝
居住的地方。天帝殷勤地问道："你要到哪儿去呢？"上
阕是记述词人寻找精神归宿的过程。下阕抒发自己的志
向。词人回答天帝说："我要去的地方很远很远，无奈
太阳已经落山，我的诗学得很苦，却只徒然写出了一些
惊人的句子而已！"词人真挚而热烈呼喊道："风啊请不
要停下，让我像大鹏鸟一样乘九万里风振翅高飞，直飞

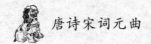

到那海外的仙山，飞向我理想的地方。这首词气势磅礴地挥洒了一个波澜壮阔、辉煌绚烂的想象世界，在这个世界中，主人公飞扬健举，自由翱翔，充满了奋发向上的豪迈气概和浪漫主义精神，在清照词中别具气象。

一剪梅①

　　红藕香残玉簟秋。轻解罗裳，独上兰舟。云中谁寄锦书来，雁字回时，月满西楼②。　　花自飘零水自流。一种相思，两处闲愁。此情无计可消除，才下眉头，却上心头。

【注释】

　　①一剪梅：词牌名。因宋代周邦彦词中有"一剪梅花万样娇"句故名。又名《腊梅香》、《玉簟秋》。

　　②西楼：指词人自己的居所。

【赏析】

　　这也是一首脍炙人口的相思之作。荷花凋残，幽香如缕；精美的竹席上也生出了淡淡的寒意，是秋天来了啊！我换下长长的丝裙，登上小船儿独自去散心。仰望长空，可有书信捎来给我？大雁终于飞过，我披着如水的月光正痴痴地站在西楼上。花儿悠悠地飘落，水也静静地流淌。我们虽然不能互相倾吐这淡淡的忧愁，彼此的相思却是一样。可是这份愁情实在无法排解啊，刚刚舒展开紧锁的眉头，却又悄悄地缠绕到我的心头。这首词上阕写景，用含蓄的笔调写出女主人公盼望丈夫来信时的痴痴情态，下阕直写那"无计可消除"的缠绵之情，如细细的工笔，刻画出相爱的人之间细腻委婉、真切动人的相思深情。"一种相思，两处闲愁"、"此情无计可消除，才下眉头，却上心头"仿佛随手拈来，却又精当雅洁，代表了清照词的一般特色。

辛弃疾

　　辛弃疾（1140～1207），南宋大词人。字垣夫，改字幼安，号稼轩，齐州历城（今山东济南）人。现存词六百余首。其词风豪放，上承苏轼，与轼并称"苏辛"。打破音律限制，别立一宗，深为后人推重。诗文亦有佳作。有《稼轩长短句》，今人辑有《辛稼轩诗文钞存》。

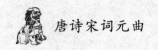

木兰花慢·滁州送范

　　老来情味减，对别酒，怯流年。况屈指中秋，十分好月，不照人圆。无情水、都不管，共西风、只管送归船①。秋晚莼鲈江上，夜深儿女灯前。　　征衫便好去朝天，玉殿正思贤。想夜半承明，留教视草，却遣筹边。长安故人问我，道愁肠殢酒只依然②。目断秋霄落雁，醉来时响空弦。

【注释】

　　①"无情水"四句：怨江水和西风如此不管人情，只是将友人的归舟迅速送走。这是更进一层从侧面来写送别的情意。

　　②"长安"两句：谓如果友人问我情况如何，只说我依然是在借酒浇愁。长安：此处借指国都临安。殢酒：沉溺于酒。秦观《梦扬州》词："殢酒困花，十载因谁淹留。"

【赏析】

　　此词系一首道别词。起调叹老，别愁又加伤感；月好人散，再加伤感。虽伤感无穷，别人却能回故里与家人团聚，这又是一大安慰。

　　范昂被召回临安，作者对他寄与了殷切的期望，希望他能受到皇帝的重用，并热情地鼓励他到前方去筹划军事，充分发挥他的才能。当作者想到自己依然滞留在滁州，不能亲上战场为国立功，不禁感慨系之。"愁肠殢酒"、"目断秋霄落雁，醉来时响空弦"，都表现了他受打击的处境和对当局的不满。

水龙吟·登建康赏心亭

　　楚天千里清秋，水随天去秋无际。遥岑远目，献愁供恨，玉簪螺髻①。落日楼头，断鸿声里，江南游子。把吴钩看了，栏杆拍遍，无人会，登临意。　　休说鲈鱼堪脍，尽西风，季鹰归未②？求田问舍，怕应羞见，刘郎才气。可惜流年，忧愁风雨，树犹如此！倩何人、唤取红巾翠袖，揾英雄泪？③

【注释】

　　①遥岑远目：纵目远山。玉簪螺髻：秀丽的群山就像是美人头上的碧玉簪和青螺状的发髻。

　　②"休说"三句：反用张翰弃官南归事。季鹰：张翰字季鹰。堪脍：能够细切成片，谓可烹制为美味

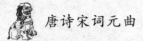

鱼肴。

③。倩：请，央求。红巾翠袖：以少女服饰代指歌舞女子。揾：擦，揩试。

【赏析】

这首词大约写于淳熙元年（1174）。

词的上片借景抒情。词开篇以苍茫楚天与滚滚长江作背景，境界恢宏。触发了家国之恨和乡关之思。"落日楼头"以下，表现词人如离群孤雁一样，宝刀不能为用，忧愤塞胸。下片用三个典故对于四位历史人物进行褒贬，从而表白自己，以天下为己任的磊落胸襟。叹惜流年如水，壮志成灰。最后垂下英雄热泪。此篇主题含蓄深刻，情感复杂丰富，风格悲壮沉郁，语言精炼，极富表现力。

菩萨蛮·书江西造口壁

郁孤台下清江水，中间多少行人泪。西北望长安，可怜无数山①。　　青山遮不住，毕竟东流去。江晚正愁余，山深闻鹧鸪②。

【注释】

①"西北"两句：遥望西北故都，无奈群山遮目。

长安：借指北宋故都汴京。可怜：可惜。

②"江晚"两句：谓正愁江晚，又听到深山鹧鸪声声，愁上添愁。闻鹧鸪：传说鹧鸪飞必往南，而不向北，且鸣声凄切，最能触动羁旅之愁。北宋张咏《闻鹧鸪》诗："画中曾见曲中闻，不是伤情即断魂。北客南来心未稳，数声相对在前村。"借以暗喻自己抗战壮志不得实现，愁绪中渗透着悲愤之情。

【赏析】

词一开头就借景抒情："郁孤台下清江水，中间多少行人泪。"看到水，想到泪，联想泪之多，体现人民痛苦之深。过片承上："青山遮不住，毕竟东流去。"青山虽然遮住了人们的视线，但却挡不住滚滚东流的江水。作者羡慕那浩荡的江水能够冲破崇山峻岭的阻碍奔腾向前，恨自己不能从后方奔向前方，亲临战场，收复失地，统一祖国。此时被迫滞留在南方做官，傍晚听到鹧鸪鸣叫"行不得也哥哥"，他的心情更加苦闷。

念奴娇·书东流村壁

野棠花落，又匆匆过了，清明时节。剗地东风欺客梦，一夜云屏寒怯①。曲岸持觞，垂杨系马，此地曾轻别②。楼空人去，旧游飞燕能说。③闻道绮陌东头，行人曾见，帘底纤纤月④。旧恨春江流不尽，新恨云山千叠⑤。料得明朝，尊前重见，镜里花难折⑥。也应惊问：近来多少华发？

【注释】

①"剗地"两句：春风惊醒客梦，云屏送来春寒。剗地：无端，平白无故地。宋元词曲习用语。欺客梦：惊破客梦。云屏：云母制作的屏风。寒怯：怯寒，怕冷。

②"曲岸"三句：谓当年与伊人在此分手，系马饯行的情景历历在目。曲岸：弯弯曲曲的江岸。持觞：举起酒杯。

③"楼空："两句：人去楼空后，只有旧日在此的飞燕能够说出往事。化用苏轼《永遇乐·夜宿燕子楼》词"燕子楼空，佳人何在？空锁楼中燕"之意。

④"闻道"三句：谓听别人说到，在东市街头曾经看见伊人行踪。绮陌：繁华的街市。纤纤月：纤细之月，喻美人之足，代指美人。刘过《沁园春》词咏美人足有"似一钩新月，浅碧笼云"之句。

⑤"旧恨"两句：谓旧恨未消，新恨又来。在诗词中将愁恨比作流水重山，多有承袭突破之妙，此处可从

秦、苏诗词看出脱化而来的痕迹。秦观《江城子》词："便做春江都是泪，流不尽，许多愁。"苏轼《书王定国所藏烟江叠嶂图》诗："江上愁心千叠山，浮空积翠如云烟。"

⑥"料得"三句：谓即使明日樽前席间得以重逢，欢梦恐也难能再续。镜里花难折：如镜子里花的幻象，可望而不可折。

【赏析】

这是一首抒写游子客中思旧独自哀怜的作品。上片起首由花落伤春入手，接下叙游子之悲愁。"曲岸"、"垂杨"两句道离愁，"楼空"两句抒别恨。通常往往将"离愁"与"别恨"混为一谈，此词则作了分叙。换头"闻道"紧承"燕子能说"，揭示"空楼"中佳人目前处境："帘底纤纤月"者，正有佳人形象不可再会。"料得明朝"又翻出新意：果真能见，但她可望而不可即。吞吐顿挫，道出佳人难再得的幽怨。稼轩词极少写艳情，但此首艳情之作却写得缠绵婉曲。哀而不伤，用健笔写柔情，堪称杰作。

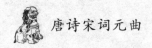

摸鱼儿

淳熙已亥,自湖北漕移湖南,同官王正之置酒小山亭,为赋。

更能消几番风雨,匆匆春又归去①。惜春长怕花开早,何况落红无数。春且住,见说道、天涯芳草无归路②。怨春不语。算只有殷勤,画檐蛛网,尽日惹飞絮。长门事,准拟佳期又误。蛾眉曾有人妒。千金纵买相如赋,脉脉此情谁诉?君莫舞,君不见、玉环飞燕皆尘土③!闲愁最苦。休去倚危栏,斜阳正在,烟柳断肠处。

【注释】

①"更能消"两句:叹残春又遭风雨,再也经受不住,喻国势在飘摇之中,岌岌可危。

②"春且住"三句:听说萋萋芳草已遮住春的归路,长遍天涯海角,劝春可由此暂留。

③"君莫舞"三句:申斥善妒者休得意忘形,须知玉环,飞燕亦终归于尘土。玉环:唐玄宗宠妃杨贵妃的小字,后在兵变中被赐死于马嵬坡。飞燕:赵飞燕,汉成帝宠爱的皇后。失宠后废为庶人,自杀而死。

【赏析】

此词写于淳熙六年（1179）春，辛弃疾由湖北转运副使调任湖南转运副使，友人王正之为他设酒饯别，他即席作了这首词。此词通过写惜春的情绪，运用美人遭嫉失意的典故，抒发对时局的忧虑以及自己受排挤的抑郁，"更能消"句，为下面"惜春"作好铺垫。"春且住"喝住，"春不语"，将"怨春"意表述得极富层次感。换头"长门事"承"怨春"而咏宫怨。"君莫舞"以下用宠姬失幸，死无葬身之地实，警告朝廷奸佞。"闲愁最苦"北上恢复之望辽远。"斜阳"句则叹惋南宋

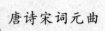

朝廷，国事将危。通篇采用比兴象征和以古喻今的艺术手法，曲折地反映了当时的社会现实，昭示出词人复杂的心理活动，回肠荡气沉郁顿挫。

永遇乐·京口北固亭怀古

千古江山，英雄无觅，孙仲谋处。舞榭歌台，风流总被，雨打风吹去①。斜阳草树，寻常巷陌，人道寄奴曾住。想当年：金戈铁马，气吞万里如虎②。　　元嘉草草，封狼居胥，赢得仓皇北顾。四十三年，望中犹记，烽火扬州路③。可堪回首，佛狸祠下，一片神鸦社鼓④。凭谁问：廉颇老矣，尚能饭否。

【注释】

①榭：建在高台上的木屋，多为游观之所。风流：前人的流风余韵，此指孙权创业时的雄健风采。

②"想当年"三句：谓刘裕当年两度挥戈，北伐南燕、后秦时，有气吞万里之势。

③四十三年：辛弃疾于绍兴三十二年（一一六二）奉表南渡，至开禧元年（一二○五）京口任上，正是四十三年。烽火扬州路：自绍兴三十一年（一一六一）金主完颜亮大举南侵以来，扬州一带烽火不断。

④佛狸祠：北魏太武帝拓拔焘小字佛狸。元嘉二十七年，他追击宋军至长江北岸瓜步山（今江苏六合县东南），并建行宫，后即于此建佛狸祠。神鸦：啄食庙里祭品的乌鸦。社鼓：社日祭祀的击鼓声。

【赏析】

这首词是辛弃疾在宋宁宗开禧元年（1205）任镇江知府时所作。

此词借古喻今，"英雄无觅、孙仲谋处"。通过对孙权、刘裕等历史人物的歌颂，说明作者南归四十三年来，一直不忘"金戈铁马"、征战疆场的抗金斗争。

过片三句："元嘉草草，封狼居胥，赢得仓惶北顾。"讲他主张以武力收复中原，并认为，必须吸取过去的经验教训。最后三句，作者以战国名将廉颇自比，表达了对南宋朝廷不重用抗金人材的不满。当时他已六十六岁，但仍然保持着坚强的战斗意志。

贺新郎·别茂嘉十二弟

绿树听鹈鴂。更那堪、鹧鸪声住，杜鹃声切①。啼到春归无寻处，苦恨芳菲都歇②。算未抵、人间离别③。马上琵琶关塞黑，更长门翠辇辞金阙。看燕燕，送归妾^④。　　将军百战身名裂。向河梁、回头万里，故人长绝。易水萧萧西风冷，满座衣冠似雪。正壮士、悲歌未彻^⑤。啼鸟还知如许恨，料不啼、清泪长啼血^⑥。谁共我，醉明月^⑦？

【注释】

①"绿树"三句：借鸟声托意，言临别不堪绿荫深处众鸟啼鸣悲切。

②"啼到"两句：啼到花尽春逝。《离骚》："恐鹈鴂之先鸣兮，使夫百草为之不芳。"

③"算未抵"句：谓啼鸟伤春虽苦，总抵不上人间离别之苦。以下即叠用五件人间离别之事。

④"看燕燕"两句：卫庄姜送归妾，所举为人间别离第三事。燕燕：《诗经·邶风·燕燕》诗："燕燕于飞，差池其羽，之子于归，远送于野。"《毛传》以为此《卫庄姜送归妾也》。据《左传·隐公三年、四年》："卫庄公妻庄姜无子，以庄公妾戴妫之子完为子。完即位未久，就在一次政变中被杀，戴妫遂被遣送。庄姜远送于野，作《燕燕》诗以别。

⑤"易水"三句：荆轲离燕赴秦，此人间离别所举第五事。《吏记·刺客列传》载：战国末年，燕太子丹命荆轲出使秦国，相机刺杀秦王。临行之际，太子丹及

众宾客皆白衣素服相送于易水之上。有高渐离者击筑起乐，荆轲和乐而歌："风萧萧兮易水寒，壮士一去兮不复还。"歌声慷慨悲壮，送者无不为之动容。易水：在今河北省易县。衣冠似雪：指送行者皆白衣素服。壮士：指荆轲。悲歌：《易水歌》。未彻：尚未唱完，意谓声犹在耳。

⑥"啼鸟"两句：谓啼鸟如知人间别离之恨如此多，当时定会不啼泪而啼血。如许恨：即指上述种种人间别恨。

⑦"谁共我"两句：谓与族弟别后孤独无伴，唯可与明月共醉。

【赏析】

此词系送别名作。茂嘉是词人族弟，贬官桂林，作者于是作此词送别。此作最大特点是用历史上五件极哀怨之生离死别的故实排比，以突出自己与茂嘉别离的沉痛。另一特点是，词开首便用"鹈鴂"、"鹧鸪"、"杜鹃"三种禽鸟悲啼，营造出一种悲恻气氛。最后又用"啼鸟还知如许恨，料不啼清泪长啼血"作照应，并且让鸟啼与人别之悲相互对比，增浓了悲剧色彩。最后结以"谁共我醉明月"，将鸟与古人之悲，尽集于一身，从而使得别弟之痛，无以复加。

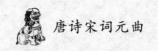

汉宫春·立春日

　　春已归来，看美人头，袅袅春幡①。无端风雨，未肯收尽余寒②。年时燕子，料今宵、梦到西园③。浑未办、黄柑荐酒；更传青韭堆盘④。　　却笑东风从此，便薰梅染柳，更没些闲。闲时又来镜里，转变朱颜。清愁不断，问何人、会解连环⑤？生怕见、花开花落，朝来塞雁先还⑥。

【注释】

　　①"春已"三句：谓从美人鬓发上的袅袅春幡，已看到春天归来。春幡：古时风俗，每逢立春，剪彩绸为花、蝶、燕等状，插于妇女之鬓，或缀于花枝之下，曰春幡，也名幡胜，彩胜。词人《蝶恋花·立春》词起句云："谁向椒盘簪彩胜。"即指宋时此风。

　　②无端：平白无故地。

　　③"年时"两句：燕子尚未北归，料今夜当梦回西园。年时燕子：指去年南来之燕。

　　④"浑未办"两句：谓满怀愁绪，已是无心置办应节之物。黄柑荐酒：黄柑酿制的腊酒。立春日用以互献致贺。更传：更谈不上相互传送。青韭堆盘：《四时宝

鉴》谓"立春日，唐人作春饼生菜，号春盘。"

⑤"清愁"两句：谓清愁绵绵如连环不断，无人可解。解连环：据《战国策·齐策》，秦昭王遣使齐国，送上玉连环一串，请齐人解环。群臣莫解。齐后以椎击破之，曰：环解矣。辛词用此喻忧愁难解。

⑥"生怕见"两句：谓怕见花开花落，转眼春逝，而朝来塞雁却已先我还北。

【赏析】

这首词抒写立春日的感想，用立春日特有物景和风雨，抒发时不我待的"清愁"。并通过象征隐喻，寄托中原之思。燕子的喜筵，正是词人对于南宋小朝廷的偏安享乐的微词！影射"直把杭州作汴州"的达官贵族；词人，欲有为而不能为，英雄老大不用何其令人悲凉！看到大雁尚北归，而人却不如归雁，真教人痛心疾首啊。全篇情调哀怨凄迷，寄托作者对国事的忧伤，绝非一般的怨春之作。

贺新郎·赋琵琶

凤尾龙香拨①。自开元、《霓裳》曲罢，几番风月？最苦浔阳江头客，画舸亭亭待发。记出塞、黄云堆雪。

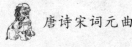

马上离愁三万里，望昭阳、宫殿孤鸿没②。弦解语，恨难说。辽阳驿使音尘绝。琐窗寒、轻拢慢撚，泪珠盈睫。推手含情还却手，一抹《梁州》哀彻。千古事、云飞烟灭。贺老定场无消息，想沉香亭北繁华歇。弹到此，为呜咽。

【注释】

①"凤尾"句：形容琴槽似凤尾，琴拨以龙香柏木削就。

②"记出塞"三句：具体描绘王昭君马上琵琶、回望汉家宫阙情景。

【赏析】

此词借琵琶以写怨思。以唐玄宗年间有关琵琶和音乐的故事为主要线索，抒写北宋沦亡之悲，讥讽南宋小朝廷耽于安乐、"开元霓裳曲罢"隐射北宋灭亡；"浔阳江头客"暗指南迁遗民；昭君"出塞"曲折地陈述徽、钦二帝被掳北去；"辽阳""音尘绝"指北方与南方断音信；"推手""却手"暗说朝廷主战、主和犹疑未定，"千古事、云飞烟灭"意为北伐无望；"繁华歇"发出南宋灭亡也为时不远的警告。全词以弹琵琶为喻，事实上"弹"（谈）的是国家兴亡之叹。比兴寄托，感慨苍凉。但用事过多，意脉稍欠清晰。

祝英台近·晚春

宝钗分，桃叶渡，烟柳暗南浦。怕上层楼，十日九风雨。断肠片片飞红，都无人管；更谁劝、啼莺声住[①]。

鬓边觑。试把花卜归期，才簪又重数。罗帐灯昏，哽咽梦中语：是他春带愁来，春归何处？却不解、带将愁去[②]。

【注释】

①"怕上"五句：谓不愿登高望远，因不忍见飞红啼莺、风雨送春之景。

②"罗帐"五句：写思妇梦中相思。"春带愁来"三句：是思妇梦语。

【赏析】

这是一首伤春怀远的闺怨词。上片以闺中女子的视角，分三层发抒离愁。一层前三句，用伤离典故写别愁；二层四、五句，由写"怕上层楼"的畏怯情绪；三层后三句，情景相映，处处关合离愁别恨。下片分三层写闺中人动作及心理。思妇痴迷的举动写得传神逼真，心里的愁怨更是写得振颤人心！本篇笔调委婉，悱恻缠

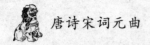

绵，体现出词人创作风格的多样化。

青玉案·元夕

东风夜放花千树。更吹落、星如雨①。宝马雕车香满路。凤箫声动，玉壶光转，一夜鱼龙舞②。　　蛾儿雪柳黄金缕，笑语盈盈暗香去。众里寻他千百度。蓦然回首，那人却在，灯火阑珊处③。

【注释】

①"东风"两句：描绘元宵节灿烂的焰火夜景。此谓焰火乍放如东风吹开千树火花，落时又如满天星雨洒落。

②凤箫：箫声若凤鸣，以凤箫美称之。相传春秋时箫史善吹箫，秦穆公以女弄玉妻之，并为之筑凤台。箫史吹箫引来凤鸟，遂与弄玉升天仙去。此处泛指音乐。玉壶：喻月。鱼龙：鱼龙舞原是汉代"百戏"的一种。

③众里：人群中。千百度：千百次。

【赏析】

此词咏与佳人约会的情致。上片写元宵灯节的繁华热闹画面，再现了宋代狂欢的盛况。下片写约会。先描

写女儿们节日盛装和欢欣可爱，然后在众多人群中寻找她千百遍，忽地回头，却见她站在灯火稀少的地方。这位佳人，表现出沉稳和矜持，遗世而独立。实际上，她是词人所追求之审美理想的化身，也是词人自己节操的写照。

鹧鸪天·鹅湖归病起作

枕簟溪堂冷欲秋，断云依水晚来收。红莲相倚浑如醉，白鸟无言定自愁。　　书咄咄①，且休休②。一丘一壑也风流。不知筋力衰多少，但觉新来懒上楼。

【注释】

①咄咄：叹词，表示惊诧。

②休休：唐司空图晚号"耐辱居士"，隐居虞乡王官谷，建"休休亭"。

【赏析】

此篇是辛弃疾被罢官后，闲居带湖时所写。他受尽权奸排斥，病后初愈时的抒情寄意之作。上片写鹅湖自然风光，如老人历尽沧桑后宽容旷达的心境一样恬静平淡。换头感情突起，对朝廷一而再强加的无端迫害，感

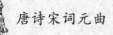

到惊异与悲愤。但随后词人又自我排解：且在大自然中获取欢乐吧？最后两句，倾吐出老弱多病的切肤之憾。此词格调苍劲，意味深厚，含蓄蕴藉，是辛词中著名代表作之一。

清平乐·独宿博山王氏庵

绕床饥鼠，蝙蝠翻灯舞①。屋上松风吹急雨，破纸窗间自语②。 平生塞北江南，归来华发苍颜③。布被秋宵梦觉，眼前万里江山④。

【注释】

①翻灯舞：绕着灯来回飞。

②"破纸"句：窗间破纸瑟瑟作响，好像自言自语。

③塞北：泛指中原地区。据《美芹十论》，词人自谓南归前曾受祖父派遣两次去燕京观察形势。归来：指淳熙八年（一一八一）冬被劾落职归隐。华发苍颜：头发苍白，面容苍老。

④"布被"两句：谓秋夜梦醒，眼前依稀犹是梦中的万里江山。

【赏析】

这是一首表现词人爱国主义精神的词作。风雨交加的夜晚，词人借宿博山一户人家的破草屋中，感慨颇深。上阕极写小屋之荒凉残破，渲染了悲凉萧索的气氛。饥饿的老鼠绕床蹿跑，蝙蝠在灯前翻飞起舞。风吹来阵阵松涛携着急促的雨声敲打着屋顶，窗户上的破纸，呼噜噜响动，像是在自言自语。下阕抒发自己壮志难酬仍忧国忧民的宏大襟怀。想自己南征北战，归来已是头发花白，容颜苍老，却壮志未酬，一事无成。盖着这薄薄的布被在这深秋夜里醒来，梦中那风雨飘摇的万里山河仿佛还在眼前。动荡摇曳于这寒秋荒夜凄风苦雨中的残破小屋衬出词人处境和心境是多么悲凉，而这风雨动荡之夜的山河之梦透露出词人对国家的关怀和忧虑又是多么深切！其豪情，其悲怀，动人肺腑，令人扼腕。

丑奴儿·书博山道中壁

少年不识愁滋味，爱上层楼。爱上层楼，为赋新词强说愁①。　　而今识尽愁滋味，欲说还休。欲说还休，却道"天凉好个秋"！

②

【注释】

①强说愁：无愁而勉强说愁。

②"却道"句：表现词人心事满腹，却无处可说，说了也白说，只好去说"天气"。

【赏析】

这是一首脍炙人口的短小词作。年少的时候没经过多少世事艰辛，没品尝过忧愁的真正滋味，却最爱登高遥望，寻愁觅恨，为了写出一首新词，即使没有忧愁，也偏偏要写得伤感万分；而今历尽人世沧桑，尝尽了世间种种酸辛，想要对人倾诉却又欲言又止，只淡淡地吐出一句话："好一个凉爽的秋天啊!"这是词人对自己的一生所作的深刻的反省和总结。正因为词人经历了太多的世事沧桑，积蓄了太深的忧愁苦闷，深深了解了人生的无奈，才醒悟到年轻时单纯的热情和幼稚的冲动是多么可笑又是多么令人留恋! 可是这满怀的忧愤去向谁诉说呢？这深沉的忧思说出来谁又能懂得？谁又在意呢？只能淡淡地吐出一句谁也听得懂谁也不会去追究的话："天凉好个秋"！这首词语言简单朴实，却高度提炼了人的一生，蕴含着绵长深刻的人生哲理和深沉落寞的沧桑况味。

清平乐·村居

　　茅檐低小，溪上青青草。醉里吴音相媚好，白发谁家翁媪①！　　大儿锄豆溪东。中儿正织鸡笼。最喜小儿亡赖，溪头卧剥莲蓬②。

【注释】

　　①吴音：吴地口音，信州旧属吴地，故称。相媚好：相互逗乐说笑。媚好，双关语，兼指相互取悦与吴语柔美动听。翁媪：老翁和老妇。

　　②亡（音义同"无"）赖：意即无聊，引伸为顽皮。语出《汉书·高帝纪》，其注云："江淮之间，谓小儿多诈、狡狯为亡赖。"此指小孩嬉笑调皮的天真神态。

【赏析】

　　这是一幅洋溢着温馨和美气氛的江南田园图画。简朴的茅屋又矮又小，可是却有清澈的溪水如玉带般轻轻环绕，小溪欢快地奔流，滋润着溪边碧绿如茵的青草。那带着醉意的绵软的吴音是多么动听，那对互相逗趣的白发夫妇多么和谐融洽！这是哪家的老人，真令人羡慕啊！大儿子正在小溪东边的田地里忙着锄那绿绿的豆苗，二儿子正在门前专心地编织着精致的鸡笼，最逗人喜爱的还是那顽皮的小儿子，正自顾自躺在小溪边上悠然自得地剥着新鲜的莲蓬。全词描绘的是江南农村的风景人物，天然妩媚而又亲切淳美，表现了农家生活的勤劳俭朴，恬淡宁静，流露出词人热爱农村生活，厌恶污浊的官场气氛的思想感情。

破阵子·为陈同甫赋壮词以寄

醉里挑灯看剑，梦回吹角连营。八百里分麾下炙，五十弦翻塞外声①。沙场秋点兵。　　马作的卢飞快②，弓如霹雳弦惊。了却君王天下事，赢得生前身后名③。可怜白发生！

【注释】

①八百里：牛名。据《事说新语·汰侈》载，晋王恺有牛名"八百里驳（同"驳"）"。王济与恺比射，以

此牛为赌物。恺输，于是杀牛作炙。分：分享。麾下：部下。炙：烤肉。五十弦：指瑟，古瑟用五十弦。此泛指军中乐器。翻：演奏。塞外声：指雄壮悲豪的军乐。

②的卢：额有白斑的烈马。据《三国志·蜀志·先主传》裴松之注引《世语》，传说刘备在荆州落水遇危时，所骑的卢马"一跃三丈"，因而脱险。

③天下事：指恢复中原的大事。赢得：博得。

【赏析】

乘着醉意将灯挑亮，把这宝剑看了又看，梦魂又飞回那号角急吹的军营。战士们都分到了美味的牛肉，营地上响着慷慨悲壮的边地乐声，正是秋季沙场点兵，整装待发的时候啊。马像的卢一般飞快地奔跑，弓弦响处如霹雳似的令人震惊。只想着为国尽忠，尽早恢复中原失地，赢得生前死后美好的名声，只可叹头上已长满了白发，却依然是壮志未酬，一事无成！这是英雄暮年的悲叹。烈士暮年，壮心不已，手抚宝剑，犹思为国出力，即使是梦中也仍然在驰骋疆场，奋勇杀敌，然而现实却是少壮被弃，闲散竟达二十余年之久！梦中，主人公慷慨激昂淋漓酣畅地抒发着自己的豪情壮志、报国理想，可是现实却如同冰水浇在沸腾的火焰上。这是多么巨大的反差！然而，正是这前后强烈的反差，更让人深

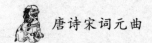

刻地体会到英雄壮志难酬、报国无门的痛苦和忿懑。沉郁顿挫，感人肺腑。

西江月·夜行黄沙道中

明月别枝惊鹊①，清风半夜鸣蝉。稻花香里说丰年，听取蛙声一片。　　七八个星天外，两三点雨山前②。旧时茅店社林边，路转溪桥忽见。

【注释】

①明月惊鹊可见曹操《短歌行》："月明星稀，乌鹊南飞，绕树三匝，无枝可依。"别枝：远枝。唐方干《寓居郝氏亭》有《蝉曳残声过别枝》之句。

②"七八个星"两句：天外星稀，山前欲雨。户延让《松寺》诗有"两三条电欲为雨，七八个星犹在天"之句。

【赏析】

此词是一首清新淳美，洋溢着对生活的喜悦和热爱之情的词作，初夏之夜，清风徐吹，薄云初散，一轮明月从云后姗姗而现，路边高树斜枝上的鹊儿受到惊动，睡不安稳了，蝉儿也被半夜清风吹得忽然鸣叫起来。水田里飘着稻花的清香，欢快的蛙声此起彼伏，好像在互相传告：今年定是一个丰收年啊！云忽然又上来，远远的天边还闪烁着几颗星星，这山前却已飘下稀疏的雨点。记得这附近土地庙的树林边有座茅店，赶紧加快步子转过这溪上的小桥，那座小小的茅店，就出现在眼前了。上阕写词人在途中的所见所闻，月色皎洁，清风送爽，何况丰收在即，连那些小生灵似乎都在欢快地歌唱，实在令人流连忘返；下阕写这初夏的天气，雨说来就来，夜又已深，赶紧要寻个住处，所以当那座小小的茅店出现在眼前时，词人的心情是多么愉快！这首词明朗疏隽，清新如画，寥寥数语，便描绘出江南初夏之夜清丽醇美的景致，读来饶有情趣。

水调歌头

壬子三山被召，陈端仁给事饮饯席上作。

长恨复长恨，裁作短歌行。何人为我楚舞，听我楚狂声①？余既滋兰九畹，又树蕙之百亩。秋菊更餐英②。门外沧浪水，可以濯吾缨。　　一杯酒，问何似，身后名？人间万事，毫毛常重泰山轻③。悲莫悲生离别，乐莫乐新相识，儿女古今情。富贵非吾事，归与白鸥盟。

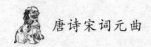

【注释】

①为我楚舞：语本《史记·留侯世家》，据载：汉高祖刘邦安慰哭泣的戚夫人说："为我楚舞，吾为若（你）楚歌。"楚狂：春秋时楚国的狂人，姓陆名通，因昭王政令无常，乃佯狂不仕，时人称楚狂。还因他曾迎孔子车而歌，又称接舆。

②"余既"三句：化用屈原《离骚》诗句，用其洁自身好，勤修美德之本意。滋兰、树蕙：种植香草。

③"人间"两句：谓世上常见轻重倒置，是非混淆之事。

【赏析】

这是一首抒愤之词，最大的特点就是以第一人称直抒胸臆，畅快淋漓，塑造了一个感情极其丰富，品行至为峻洁的高大主人公形象。将我久久积累的忧愤，裁写成这首短短的歌行。谁为我跳一曲楚地的歌舞宽慰我孤独的心，谁听我这不为人理解，反被认为是狂妄的痛苦心声？我已经培植了几十亩馨兰，又栽种下几百亩芳蕙，每天所食乃是秋天高洁的菊花！门外那清澈的沧浪之水，可以用来洗洗我的帽子！请问请问，到底是饮尽这杯酒享受眼前的快乐，还是该博取身后的美名？现在这人世间种种事情都是是非颠倒，毫发被看得很重泰山反而被看得很轻！悲痛莫过于生离死别，快乐莫过于结识新的朋友，这是自古以来人之常情啊！富贵荣华不是我所追求的东西，且归隐山水间，去与自由自在的白鸥结盟吧！词人以"长恨复长恨，裁作短歌行"领起，激昂愤懑之气磅礴而下，以刘邦、接舆、屈原自况，连连引用《离骚》万句，表现了词人决不放弃自己的追求而妥协从俗的高洁品德和伟大人格。然而这人世间是非混淆轻重颠倒，词人既不为人所容又不愿同流合污，只能说一些麻醉自己，得过且过的话，纵酒浇愁，归隐林泉。这种强烈的苦闷在被抒发时，往往被另一种更强烈的孤独感所压抑，使词人有意去消解这种苦闷。痛苦和悲愤一旦被压抑，只能转化为更为痛苦的心灵折磨，我们感受到的就是这种折磨！

沁园春·灵山齐阉赋。时筑偃湖未成

叠嶂西驰，万马回旋，众山欲东①。正惊湍直下，跳珠倒溅；小桥横截，缺月初弓②。老合投闲，天教多事，检校长身十万松③。吾庐小，在龙蛇影外，风雨声中④。　　争先见面重重。看爽气、朝来三数峰⑤。似谢家子弟，衣冠磊落；相如庭户，车骑雍容⑥。我觉其间，雄深雅健，如对文章太史公。新堤路，问偃湖何日，烟水蒙蒙^⑦？

【注释】

①"叠嶂"三句：写灵山飞动的态势：山能驰奔，忽西忽东，势若万马回旋。

②"正惊湍"四句：描摹飞泉入溪穿越小桥之景。惊湍：急流，此指山间瀑布。缺月初弓：形容横截水面的小桥像一弯弓形的新月。

③"老合"三句：老去理当闲散，老天多事，却教我来看管（灵山齐庵附近）松林。

④"吾庐"三句：谓小茅屋与松林相挨，就在其身影中，又能闻其声。龙蛇影：松树影。风雨声：松涛如风雨之声。

⑤"争先"两句：谓夜雾渐渐消散，群峰争相露面。见面：露面。爽气朝来：据《世说新语•简傲篇》载：王子猷为桓玄的参军，桓玄欲委其事，王子猷"初

不答，直高视，以手版柱颊云：'西山朝来，致有爽气。'"此借用其语，谓朝来青峰送爽，沁人心脾。

⑥"似谢家"四句：以人物神采及车骑仪态形容群山的万千气象。"似谢家"两句：谢家为晋代望族，其子弟极注意讲究服饰仪表，有俊伟大方的风度。此处用以形容挺秀轩昂的山峰。磊落：仪态俊伟而落落大方。"相如"两句：西汉著名文人司马相如到达（四川）临邛，据《史记·司马相如列传》载，"从车骑，雍容闲雅甚都（漂亮）"。此处用以形容巍峨壮观的山峰。

⑦"新堤路"三句：新堤已成，问询偃湖开凿工期何日告竣，可现烟水蒙蒙景观。

【赏析】

这是一首别开生面的山水词。在前人的山水作品中，或妩媚清隽，或清淡空灵，像这样一首气势磅礴，沉雄飞动的作品还是不多见的。那重重叠叠的山峦仿佛翠绿的屏障纵势西奔，忽然又如千军万马蓦地回转，一齐飞驰向东而去。飞泻的激流撞在山岩上，晶莹的水珠如雨四散；小桥横架在小溪之上，玲珑精致，仿佛那弯弯的新月挂在幽蓝的夜空。年纪大了就应该过一过悠然闲散的生活，老天偏偏安排我掌管这十万高大直立的松树大军。我小小的茅屋，就筑在这虬劲屈曲的松影之外，日日能听到呼啸飞动的风声雨声！看那清晨山岚渐渐消退的时候，清爽的空气迎面扑来，山峰一座座争先恐后地从雾霭中走出与我见面，仿佛那飘逸洒脱的谢家子弟，庄重大方，又像司马相如那华贵排场的车马随从，优雅从容。我置身其间，品读吟咏，又觉得雄奇刚健深沉典雅，面对的竟仿佛是太史公的好文章。这堤坝的路已经修好，不知偃湖的水什么时候才能蓄满，让我日日伴这湖光山色，烟云迷蒙？上阕写隐居的环境，有山有水，有桥有松，以动写静，以战斗生活的幻想来描摹自然景物的神态，借以抒发自己渴望战斗生活的热烈奔放的激情；下阕驰骋想象，描摹山的壮美灵秀，展现了词人不同于一般归隐者的高迈的胸襟。因此，表面上看这是一首出世退隐的词，实质上暗寓着的仍然是报国无路、壮志难酬的悲愤感情。

南乡子·登京口北固亭有怀

何处望神州①？满眼风光北固楼。千古兴亡多少事？悠悠，不尽长江滚滚流②。　　年少万兜鍪，坐断东南战未休。天下英雄谁敌手？曹刘。生子当如孙仲谋。

【注释】

①神州：指沦陷的北方。

②"千古"三句：感叹古今兴亡无尽无止，犹如眼前长江之水源源不断，滚滚东流。悠悠：长远的样子。

【赏析】

　　纵目眺望，神州在何处？映入眼帘的只是这北固楼四周壮观的风光。从古至今这里发生过多少次兴亡更替，而今都悠然远去，只有这万里长江依然滚滚东流。上阕是借景怀古；下阕是抒发对英雄人物的抑慕。年纪轻轻便统率着千军万马，占据住了东南征战不停，天下英雄谁能称得上是他的对手呢？只有曹操和刘备啊！如果生养儿子就要让他像孙仲谋那样胸怀大志，做一番惊天动地的事业！这首词境界阔大，音调铿锵，虽篇幅短小，却字字千钧，表达了对沦陷土地和人民的挂念与关心，抒发了对英雄人物的敬慕和向往，并隐约透露了对不思恢复、毫无作为的庸碌朝廷的不满和忧虑，也是一篇渗透着爱国主义感情的作品。

木兰花慢

　　中秋饮酒将旦，客谓前人诗词有赋待月，无送月

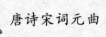

者，因用《天问》体赋。

可怜今夕月，向何处、去悠悠？是别有人间，那边才见，光影东头？是天外，空汗漫，但长风浩浩送中秋？飞镜无根谁系？姮娥不嫁谁留①？　　谓经海底问无由，恍惚使人愁。怕万里长鲸，纵横触破，玉殿琼楼②。虾蟆故堪浴水，问云何玉兔解沉浮③？若道都齐无恙，云何渐渐如钩④？

【注释】

①姮娥：即月里嫦娥。据神话传说，她偷食丈夫后羿的仙药，乘风奔月，从此永居月宫。

②玉殿琼楼：神话传说谓月中自有："琼楼玉宇烂然"（《拾遗记》），故俗称"月宫"。

③故堪：固然能够。

④此指月亮有盈亏圆缺的变化。无恙：完好无损。

【赏析】

这首词采用《天问》体式，是一篇饶有兴味的"问月"之作。今天晚上这可爱的月亮啊，你从容悠闲地要去向哪里？是不是另外还有一个人间，现在刚刚看见你从东方露出蛟洁的面庞？还是那天外只是一片空荡荡漫无边际，惟有浩浩长风在为你这中秋的明月送行？空中的宝镜啊，你没有根柄是谁将你系住？嫦娥老是呆在月宫不出嫁到底是谁将她挽留？人们都说你经过海底，我不相信却又不知道该去问谁，只是隐隐约约地感到一丝忧愁：怕的是大海里那巨大的鲸鱼横冲直闯，会不会撞碎你那玲珑剔透的华美楼阁？月中的蛤蟆那本来是可以在水中游动的，为什么月中的玉兔也能懂得水性可以与你一起在海中沉浮？如果说一切都平安无事，那又为什么你还会变得越来越窄渐渐变成一条弯弯的玉钩？月升月落，月圆月缺，还有关于月亮的美丽传说，在天文科学不发达的古代，既让人感到神秘，又让人觉得疑惑。词人将这些疑惑和猜想付诸歌咏，高声问月想象丰富奇特，境界超迈阔大，表现了他积极探索、勇于开拓的精神和朴素的天文学思想。

鹧鸪天·代人赋

　　陌上柔桑破嫩芽，东邻蚕种已生些①。平冈细草鸣黄犊，斜日寒林点暮鸦。　　山远近，路横斜，青旗沽酒有人家②。城中桃李愁风雨，春在溪头荠菜花。

【注释】

　　①柔桑：细嫩桑树的新枝嫩叶。生些：指蚕种已有小部分孵化成幼蚕。些：不多一点。

②青旗：即酒招，也称青帘，是卖酒的标志。

【赏析】

这也是一首表现作者对农村生活的喜爱之情的词作。小径边柔软的桑树枝吐出嫩嫩的绿芽，邻居家的蚕种也已生出少许蚕宝宝。平坦的小山坡上铺了一层细细的青草，小黄牛一边吃一边还调皮地"哞哞"直叫。疏疏落落的林子外，火红的落日染红了西天，归鸦点点，在暮霭中盘旋。近册连着远山绵延不断，道路纵横交错直伸向天边，遥遥地看见青色的酒旗随风飘摆，想来山那边肯定别有人家。这个春寒料峭的季节，城里秾艳娇弱的桃花和李花正担心着如何度过这愁人的风雨天气，而这地头溪边，荠菜花却开得无比绚烂。这首词用白描手法，描绘了小山村宁静平和而又生机勃勃的初春景致。桑芽初吐，蚕种乍生，山冈上刚冒出一层细细嫩嫩的绿色，初生的小牛犊自然也是调皮欢快不肯安静，最妙的是水流潺潺的溪边上，一丛丛一簇簇开满了灿烂的荠菜花。词人抓住这个季节农村的典型景物，描绘了一幅朴素简淡的典型画面。"城中桃李愁风雨，春在溪头荠菜花"，既是词人生活经验的总结，又流露了他对相互单纯自由自在的农村生活由衷的喜爱和赞美之情，情趣盎然，理趣横生，颇耐咀嚼。

西江月·遣兴

醉里且贪欢笑，要愁哪得功夫①。近来始觉古人书，信着全无是处②。　　昨夜松边醉倒，问松"我醉何如"？只疑松动要来扶，以手推松曰"去！"

【注释】

①功夫：时间。唐元稹《琵琶诗》："使君自恨常多事，不得功夫夜夜听。"

②"近来"两句：谓近来方悟不能全信古书。并非妄自菲薄古人，意在说今人全不按古圣贤之准则行事，是对现实不满的激愤语。

【赏析】

喝醉了就暂且贪恋着快乐吧，哪里有功夫去发什么愁！近些日子才开始醒悟到，要是相信古人的书就大错特错了。昨天晚上醉倒在松树边上，惺忪着眼睛笑问松树："我醉成什么样子了？"忽然疑心松树晃晃悠悠要来搀扶我，忙边举手将松推开边说："去！不要你来扶。"这首词上阕抒发自己的感慨，下阕描摹自己的醉态，看似纵诞，细细品味不难读出词人是在借着醉后狂态发泄自己的满腹心酸和悲愤。权且贪恋着欢乐吧，要发愁哪里有功夫？"近来始觉古人书，信着全无是处"，词人不是在否定古代圣贤的主张和道理，而是故意用激愤偏颇的语言对南宋王朝的是非不分、黑白颠倒表达自己强烈的愤慨！在这幅活灵活现的醉酒图中渗透了词人多少孤独失意的苦闷和伤感！以手推松曰"去"，既是对现实表示反抗也是他满腔悲愤的痛苦发泄。因此，这不是一首简单的遣兴词，而是一篇英雄暮年的血泪之作。

丑奴儿近·博山道中效李易安体

千峰云起，骤雨一霎儿价①。更远树斜阳风景，怎生图画②！青旗卖酒，山那畔别有人家③。只消山水光中，无事过这一夏④。　　午醉醒时，松窗竹户，万千潇洒⑤。野鸟飞来，又是一般闲暇。却怪白鸥，觑着人欲下未下。旧盟都在，新来莫是，别有说话⑥？

【注释】

①一霎儿价：一会儿。价，语尾助词。李清照《行香子》词："一霎儿晴，霎儿雨，霎儿风。"

②怎生图画：无法描画，极言风景之美。怎生：宋时口语，犹："怎么"。李清照《声声慢》词又有"独自

怎生得黑”的用例。

③青旗：亦称青帘，古代酒店挂的幌子，因多用青色布招上书酒“酒”字作标志，故称。

④“只消”两句：但求纵情山水，无忧无虑度过今夏。山水光：山光水色。

⑤“松窗”二句：谓门前窗下，松竹掩映，甚为潇洒。

⑥“旧盟”三句：责怪白鸥弃盟背约，不来亲就。旧盟：与鸥鸟所结的盟约。别有说话：指白鸥悔约后的改口，另一种说法。

【赏析】

此词是描摹山水，叙写归隐生活的词作。四周的山峰上忽然便聚起了浓厚的乌云，雨点来得急去得也很快，狭长的支带间现出夕阳殷红的笑脸，将西天染得紫红一片，远远的树林罩着若有若无的薄烟也抹上了淡淡的霞彩。这壮观的风景怎能描画出来！遥遥的露出一角青色的酒旗，山那边肯定还有人家！也无需别的，只需在这山光水色之中，悠闲自得地过完这一个夏天。中午醉后醒来，松影投窗，翠竹掩户，那份清爽脱俗，让人感到无比的舒畅！看那野鸟自由自在地飞翔，又是另一般闲暇了。只是奇怪那白鸥，斜觑着眼睛看着人，想下又不下。旧日的盟约都在，它这次来该不会是悔弃旧盟吧？这首词上阕写居住环境，赞叹山水的壮丽；下阕写自己与这山水自然亲密无间、相融一体的悠闲心态。"效李易安体"即有意采用李清照惯用的白描手法、寻常语言、不罗列典故、不堆砌词藻，清新自然，细腻生动，对鸥鸟的描述活泼新奇，幽默风趣，展露了词人旷达的胸襟和热爱自然的天性。

张　先

张先（990年～1078年），字子野，乌程（浙江吴兴）人。宋仁宗天圣八年（1030）与欧阳修同榜进士。累官县丞、通判、知州等，终于尚书都官郎中。晚年优游于杭州、吴兴间，与苏轼有往来。为人善戏谑，有风趣。擅长小令，亦写作相当数量的慢词，当时与柳永齐名，号称"张三影"。有《张三影》。有《安陆集》。

天仙子

时为嘉禾小倅，以病眠不赴府会

水调数声持酒听，午醉醒来愁未醒。送春春去几时回？临晚镜，伤流景①，往事后期空记省。　　沙上并禽池上暝②，云破月来花弄影③。重重帘幕密遮灯，风不定，人初静，明日落红应满径。

【注释】

①流景：流逝的年华。

②并禽：成双的禽鸟。暝：暮色。

③弄影：指花枝在月下摇摆。

【赏析】

此词的题者是作者在嘉禾做小官时，病中伤春嗟老的人生感受。

　　上片写春愁无限，人生遗憾。五句话写五件伤怨的
情事：《水调》歌怨声哀切，醉醒愁未醒，送春归去不
知何时能回；临镜而伤年光飞逝，回忆往事历历，只有
空怀旧梦。下片通过"并禽"写己之孤独，用月弄花影
衬己之人生无奈；"以"风烛"时伤残年，"落红满径"
相映。全词调子沉郁伤感，情蕴景中。"云破月来花弄
影"是千古传诵的名句。王国维谓："着一'弄'字，

而境界全出。"其妙处，在于词人抓住大自然一瞬间的现象，摄入词中。

从词的整体构思观之，"花"之"弄影"，是其在向命运抗争的本质力量的挣扎。对于"病"而又中酒，且无限伤感的词人来说，"明日""满径"的"落红"，正是"花"的必然命运。而"花"并未在命运面前自毙，而是在"风"和"月"中顽强地表现自己，一旦云破月出，它便舞弄自己的姿影，这是何等顽强之生命力的表现！同时也显现一种人格力量的象征意义。

据陆游《入蜀记》，张先对自己"云破月来花弄影"句十分欣赏，并在官舍建"花月亭"以纪其事。张先好用"影"字。这首词是为人称道的佳作。

青门引

乍暖还轻冷，风雨晚来方定。庭轩寂寞近清明，残花中酒①，又是去年病。楼头画角风吹醒，入夜重门静。那堪更被明月②，隔墙送过秋千影。

【注释】

①残花中酒：因感花凋残而伤怀醉酒。

②那堪：那能忍受。

唐诗宋词元曲

【赏析】

这是一首伤春伤怀、自怜孤独之作。清明将近，乍暖还寒，风风雨雨，摧落百花。从黄昏时的风雨初定到月明之夜，寂寞的词人，因伤春而醉酒，这"病"跟"去年"一样，可想见明年的情怀。淡淡写来，极其沉痛哀伤索寞。李清照《声声慢》"乍暖还寒时候，最难将息"从此境界化出。上片从大处着眼，下片从细节着笔。"楼头画角风吹醒"，造语奇警，含无限思绪。醒后正凄凉难耐，谁知明月照在隔墙院落，将那充满青春活力的秋千之影又送入眼帘。这正是词人倍感孤独的主要原因。触物感怀，伤春恋旧，多情善感，意味隽永。

菩萨蛮

哀筝一弄《湘江曲》，声声写尽湘波绿。纤指十三弦①，细将幽恨传。当筵秋水②慢，玉柱斜飞雁③。弹到断肠时，春山眉黛低。

【注释】

①十三弦：筝十三弦，十二拟十二月，其一拟闰。

②秋水：指弹筝者的眼波如秋水澄澈清明。

③玉柱斜飞雁：筝柱竹制，上窄下宽中空，似飞雁状，十三筝柱排列，恰似一组斜飞的雁阵。

【赏析】

这是一首咏弹筝歌伎美貌和技艺的词作。词中"哀"、"幽恨"、"肠断"等词语突出此弹筝者似乎有无限心酸和苦楚在通过乐曲抒发、倾吐。亦赞扬此乐女的高超技艺：听其弹奏《湘江曲》，听者眼前立即幻现碧绿的湘江清波；其纤纤玉指在十三条弦索上跃动，听者仿佛看到从其指尖流出心中缕缕幽恨……可见听者是弹奏者的"知音"。下片是刻画弹筝女的特写，突出眼和眉。眼波也像秋水一样动人。她的眼神缓缓地在成一斜排的十三个筝柱上移动，温柔而媚妩。当弹奏到最伤心之处，她那如春山般秀美的黛青色双眉便渐渐低了下来。微妙地表现出弹筝女的心理变化，很富情韵和余味。全词清新婉丽，情成真挚而又含蓄深沉。

醉垂鞭①

双蝶乡罗裙。东池宴，初相见。朱粉不深匀，闲花淡淡春。　　细看诸处好。人人道柳腰身。昨日乱山昏，来时衣上云。

【注释】

①醉垂鞭：张先创调。此调十句，四十二字，三换韵，为定格。如此作"裙"叶平，"宴"、"见"换仄，"匀"、"春"又叶平。"好"、"道"三换仄，"身"、"昏"、"云"又叶平。

【赏析】

这首词描绘酒宴上的美女。妙在用形象与比喻说话，朦胧含蕴，对这位席上初逢的妙龄女子的赞扬和倾慕而无溢美之辞，呈献为一种模糊而动人的美。

"双蝶"句写伊人服饰，突出花样图案的神秘美。"朱粉"句写其不浓施粉黛，淡妆修饰的天然本色。"闲花淡淡春"作一景物比衬，鲜明生动地凸现此女子的风姿。换头"细看诸处好"又从细处作一总体评价，与上片从风神姿韵的评价呼应，接下以"人人"都说是"柳腰身"的细节作一客观补充，多侧面、多视角地写出此歌女客观的美和天然纯真的美。不仅写姿色，还写其神韵。歌女在乱山昏暝时翩翩飘来，到人间时衣上还依稀飘挂着仙云。

一丛花

伤高怀远几时穷？无物似情浓。离愁正引千丝乱，更东陌、飞絮朦朦。嘶骑①渐遥，征尘不断，何处认郎踪？　　双鸳池沼水融融，南北小桡②通。梯横画阁黄昏后，又还是斜月帘栊。沉恨细思，不如桃杏，犹解嫁东风。

【注释】

①骑：名词，指马。

②桡：划船用的桨。

【赏析】

这是一首伤别念远的闺怨词。全词用白描手法情景交融地表现伊人心理活动。登高楼而伤怀，思故人而念远，此愁苦正不知何时才有穷尽！

词一开始，便以直抒胸臆的手法，突出抒情主人公的离恨。"无物似情浓"着一象喻，将抽象的"浓情"强调到世间无物可与相比的程度，更将离恨推到无以复加的地步。也表现愁思的迷离纷扬，无处不在。马嘶鸣渐远，路上扬起的灰尘，遮断了高楼断肠人的望眼，却

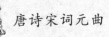
寻不到情郎的踪迹。上片从今日相思写起，回忆当初的离别。别时景色的细致描画，突出思妇念远的真情和离愁的执著。下片集中写思妇念远的痴情。"双鸳"已激起独居无偶之苦想；"斜月"更勾出难得团圆的忧思。一人漫无目的地在池中泛舟，到黄昏扶梯独上画阁，倍感孤寂索寞。对月影而增哀，细沉思而添恨，终于感到自己桃杏不如，因为桃杏尚能一年一度得到"东风"的眷顾与抚慰，而自己对丈夫的远念却只是徒劳空想。感情炽烈，情真意切，凄婉深刻，很有感染力量。

木兰花

相离徒有相逢梦。门外马蹄尘已动。怨歌留待醉时听，远目不堪空际送。　　今宵风月知谁共？声咽琵琶槽上凤①。人生无物比多情，江水不深山不重。

【注释】

①槽上凤：琵琶上端雕刻成凤头状。槽，即装弦柱之槽口，在凤头下方。

【赏析】

原题作"和孙公素别安陆"。此首送别词没用一般写景伤怀或凄楚哀怨的苦调，而是以谙熟别离况味的体验，以突出自己的离愁。首句写离别，却用别后盼相逢已是徒劳魂梦，点明再"相逢"的意愿及难再逢的事实，写出不忍心如李白《送孟浩然之广陵》那样望行人远去的心情。"今宵"句与柳永"今宵酒醒何处？杨柳岸，晓风残月"有异曲同工之妙。"人生无物比多情"认为"多情"是最可珍贵的，无物可比，与沈邈"情多是病"（《剔银灯》）语意相悖，意旨却同。"江水不深山不重"，一反前人咏愁言情以水、山类比的俗套，亦属避俗就生之法。全词多处用否定句，此种谋篇布局，可称为"否定式"结构，也是其别致之处。

晏 殊

晏殊（991～1055），字同叔，临川（今江西抚州市）人。少年以神童召试，赐同进士出身。宋仁宗时官至集贤殿大学士，同平章事兼枢密使。当时名臣范仲淹、富弼、欧阳修和词人张先等均出其门。谥元献。他是一个在政治上志满意得的文人。其诗属"西昆体"，词风则承袭五代，受冯延巳的影响很深。他是北宋初期

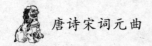
的重要词人，其词多写上层士大夫的诗酒生活和悠闲情致，内容多风月离愁之类。擅长小令，语言婉丽、音调和谐。其《浣溪沙》中"无可奈何花落去，似曾相识燕归来"句，传诵颇广。原有集，已散佚，仅存《珠玉词》及清人所辑《晏元献遗文》。

浣溪沙

一曲新词酒一杯，去年天气旧亭台。夕阳西下几时回^①？　　无可奈何花落去，似曾相识燕归来。小园香径^②独徘徊。

【注释】

①几时回：什么时候返回。

②香径：铺满落花的庭院小路。

【赏析】

这首词妙在于短短六句，却凸现了词人的生活实境及词人对此种生活的哲学思考。

写一首新词，喝一杯美酒，是词人生活的写照。天气与去年一样，亭台几年来依旧，说明时间在重复，空间也在重复。就在这单调乏味、作诗饮酒的重复生活中，夕阳西下了，几时能回来呢？表现出词人对人生价值的哲学思考。"无可奈何花落去"，亦"夕阳西下"之"无可奈何"。"似曾相识燕归来"，于伤春的绝望中并不全然令人伤感，"花落"而"燕来"，正可安慰无聊的人生。此中韵味，最令人玩索，咀嚼久之，自可悟出人生许多感触。于是，善感的词人便独自在小园花径，踽踽徘徊。这是孤独者兼哲学家对人生诸问题的进一步冥思苦想。"无可奈何花落去，似曾相识燕归来"为千古名句。这首词历来为人称道。

浣溪沙

一向年光有限身①，等闲②离别易消魂，酒筵歌席莫辞频③。　　满目山河空念远④，落花风雨更伤春，不如怜取⑤眼前人。

【注释】

①一向：一晌，一霎。年光：时光。有限：不多。本句形容人生短暂。

②等闲：平常。

③莫辞频：不要因频繁而推辞。

④"满目"句：化用李峤诗句"山川满目泪沾衣"，

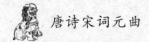

写对远行之人的思念。

⑤怜取：爱取，爱怜。借用元稹《会真记》中诗句"还将旧来意，怜取眼前人"。

【赏析】

这是一首伤春伤别的词作。起调便从年光匆匆，人生有限的视角，即使是平常的离别，总少不了的要设酒筵歌席饯行，不要嫌这样的场合太多太频。此"莫辞频"，含"不要对频频劝酒而推辞"之意，与王维"劝君更尽一杯酒"命意相同。下片就眼前景象抒情。山河满眼，与其空怀念远思人的情愁；任风雨摧逼落花令人伤春，不如实际一些，及时行乐，珍惜眼前友朋的情谊。结句与"酒筵歌席莫辞频"呼应，表达了一种人生无奈，自寻宽解的主张。此作从大处落笔，文字简短，却包容了一种普遍性的人生感悟，苍凉浑厚，耐人寻味。"满目山河空念远，落花风雨更伤春"为名句。词中表现的反"海内存知己，天涯若比邻"之常规思维的抒情手法，很有新意。

清平乐

线笺①小字，说尽平生意，鸿雁在云鱼在水②，惆

怅此情难寄。　　斜阳独倚西楼，遥山恰对帘钩。人面不知何处，绿波依旧东流③。

【注释】

①线笺：用来写信题诗的一种小幅红纸。

②"鸿雁"句：《汉书·苏武传》载，苏武出使匈奴被拘，牧羊北海。后来汉使者求武，单于称武已死。汉使者诡称汉武帝在上林苑射猎得北归鸿雁，足系苏武所寄帛书，单于才道出真情，武因而得救。后遂以鸿雁代指信使。鱼也常被认作信使。蔡邕《饮马长城窟行》"客从远方来，遗我双鲤鱼。呼儿烹鲤鱼，中有尺素书。"《史记·陈涉世家》也有剖鱼得书的记载。此句指无法传递消息。

③"人面"两句：化用崔护《游城南》诗意"去年今日此门中，人面桃花相映红。人面只今何处去，桃花依旧笑春风。"

【赏析】

这是一首写对一位妓女而失恋伤感的爱情词。全词以情起，以景结，境象不凡，情绪缠绵，是晏殊"艳情"词的代表作之一。上片写抒情主体用密密麻麻的小字写了一封情书，把自己平生的思念和衷曲都写尽了，但是却没有办法将信送到对方手中。"鸿雁在云鱼在水"，表明欲求雁、鱼传信而不可得，是典故的反用。下片写己之孤独，伊人去向不明，只有空怀惆怅。写法有特色。"斜阳独倚西楼"，既写"倚楼"人的孤独，又写夕阳"倚楼"的景色，诗中有画，人在画中，运思佳妙。"遥山恰对帘钩"，以遥山的兀立，突出一己只有远山为伴的凄凉，更突出空间之开阔和缺少"那人"的寂寞。"人面"句出自崔护诗："去年今日此门中，人面桃花相映红。人面不知何处去，桃花依旧笑春风。"词人将"桃花依旧"句改为"绿波依旧东流"，乃后来黄庭坚所谓的"脱胎换骨"之法。水东流而无尽，以流水之悠悠比喻作者思情愁绪的悠长，以景物作结而令人回味。

清平乐

金风细细①，叶叶梧桐坠。绿酒②初尝人易醉，一枕小窗浓睡。　　紫薇朱槿花残③，斜阳却照阑杆。双燕欲归时节，银屏昨夜微寒。

【注释】

①金风：秋风。古人认为西方为秋，在金木水火土五行中，西方主金，故称秋风为金风。细细：形容风小

1844

而轻。

②绿酒：一种美酒。

③紫薇：花名，亦称"百日红"，夏秋间开花，花淡红色、紫色或白色。朱槿：即木槿，花有红、紫、白色数种。

【赏析】

这首词写初秋时节的淡淡哀愁。秋风起而梧桐叶坠，以细节写一叶落而知天下秋的萧瑟凄凉。愁绪欲借酒排解，新酿的绿酒香醇，初尝即让人陶醉。睡醒后更见紫薇花残，朱槿花谢，数倍增其悲愁凄楚。夕阳晚照，双燕欲归，数种悲愁相袭，从银饰屏风吹来微微寒气，不禁使人心生寒意。全词生动形象地表现出抒情主体的情绪体验。构思细密，结构紧凑，布局天成。"金风"、"银屏"、黄"叶"、"绿酒"、"紫薇"、"朱槿"、红亮的"斜阳"、黑紫的"双燕"等色彩词的运用，色彩斑斓，透露词人对其中许多色彩将在秋风中暗淡、消失而表现出内心的伤感。另外，客观地表现初秋之物象，主观情感隐而不露，只让读者从字里行间品味出含蕴的愁绪。

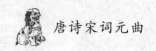

木兰花

　　燕鸿过后莺归去，细算浮生①千万绪。长于春梦②几多时，散似秋云③无觅处。　　闻琴解佩神仙侣④，挽断罗衣留不住。劝君莫作独醒人⑤，烂醉花间应有数⑥。

【注释】

　　①浮生：虚浮的人生。《庄子·刻意》"其生若浮，其死若休。"认为人生在世，虚浮不定。

　　②春梦：春天所做的梦，美好而短暂。常喻指世事无常，繁华易逝。

　　③秋云：秋日白云，来去无踪。此二句化用白居易《花非花》诗句"来如春梦不多时，去似朝云无觅处。"

　　④闻琴：代指卓文君。卓文君寡后，听见司马相如弹琴而生爱慕之心，遂与之结合。事见《史记·司马相如列传》。解佩：指汉皋神女。神女曾解玉佩赠郑交甫作为信物。事见《列仙传》。

　　⑤独醒人：《楚辞·渔父》"屈原曰：'举世皆浊我独清，众人皆醉我独醒，是以见效。'"后指清高正直，不与世俗合污的人。

⑥数：天数，定数。

【赏析】

　　这首词是作者慨叹人生苦短，主张及时行乐思想的词作。燕鸿过后，而后又黄莺归去，通过具体的禽鸟之来去而画出一年时间匆匆的掠影。那么细算来人生百年，也只不过闲惹千万种愁绪。人生是虚幻的。不论是卓文君慕司马相如琴音而与之私奔，司马相如富贵后却背弃初盟，还是说郑交甫路遇江中仙女，向其求爱并得到应允，但转瞬间一切均化为乌有。前者是人间的真实故事，男方抛弃女方；后者是传说中人神恋爱的故事，女方抛弃男方。都说明美好的伴侣，也终有一别，罗带挽断，也是留不住的。极写爱情和婚姻之无常。最后两句是词人对世人的劝谕，也是词人看破红尘后的牢骚。"莫作独醒人"，劝慰人及时行乐，但又主张"烂醉"而应"有数"，则是词人抒情有节制的表现。他反对那种"烂醉"后就肆无忌惮地发泄情绪的酒徒行径，而提倡"醉"后心中应有数，保持一种飘然超脱的儒雅之风。

木兰花

　　池塘水绿风微暖，记得玉真①初见面。重头歌韵响

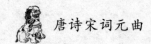

玎琮②，入破③舞腰红乱旋。　　　玉钩栏④下香阶畔，醉后不知斜日晚。当时共我赏花人，点检⑤如今无一半。

【注释】

①玉真：道教仙人，此代指美女。

②重头：词上下片声调完全相同。玎琮：玉器相撞击的声音，比喻声音清脆。

③入破：唐宋大曲分为散序、中序、曲破三大部分。进入"破"这一部分叫"入破"。特点是音繁节急。

④钩栏：随房势高下曲折的栏杆。

⑤点检：清查人数。

【赏析】

这首词写作者在风暖水绿的池塘旧地回忆往昔初见美人欢歌漫舞的情况。起首两句与结尾两句为今日情事，中间四句为忆旧。绿水池塘，微风送暖，牵动词人对往昔的回忆。当时词人与玉真初次相见。她动听的歌喉，像吐出一串串的玎琮美声；她袅娜的腰肢，旋舞成一朵乱飘的红云……舞后歌罢，喝得半醉的他们，又在白玉栏杆下的台阶上幽会，如胶似漆，不知天色已晚……时光荏苒，往事已成追忆，掐指细数当时与我一道在这儿赏花行乐的人，至今已没剩下一半。于是，从对玉真的怀念扩大为对当时所有"赏花"人的怀念，表现出词人博爱的胸襟，透露出人生无常的伤感。

木兰花

绿杨芳草长亭①路，年少抛②人容易去。楼头残梦五更钟，花底③离愁三月雨。　　无情不似多情苦，一寸还成千万缕。天涯地角有穷时，只有相思无尽处④。

【注释】

①长亭：古代建于路旁的亭子，本供行人休息之用，常以代称送别之处。

②抛：离开，舍弃。

③花底：铺满落花的地面。

④"天涯"两句：白居易《长恨歌》有"天长地久有尽时，此恨绵绵无绝期"的句子，此化用其意。

【赏析】

此词写相思别怨。词中句

句是对情人的柔婉的怨，饱含着无限的爱意和思念。"绿杨"、"芳草"、"长亭"皆为离别物象。年少的情侣轻易地抛下情人远去。楼头五更钟声惊破残梦，花底三月霪雨引发离愁。无情人自然不像多情人那样多情善感，用衬托对比的手法强调"多情"者的痛苦。"一寸"相思，缱绻起千万缕情愁。结尾再用一对比：天涯地角有穷尽而相思永无止期，以空间之有垠来比相思时间之无限，于白描中抒情。全词从虚处落笔，抽象出少年漂泊者独特的人生体验，呼唤着人类一种共同的感受，因而使作品获得感人的魅力。"楼头残梦五更钟，花底离愁三月雨"对仗工整而自然，语序变化奇崛，起到形象暗示和情绪暗示的美感作用，颇令人玩味。

踏莎行

祖席①离歌，长亭别宴，香尘②已隔犹回面。居人匹马映林嘶，行人去棹③依波转。　　画阁魂消，高楼目断④，斜阳只送平波远。无穷无尽是离愁，天涯地角寻思⑤遍。

【注释】

①祖席：送别的宴席。古人出行前要祭祀路神，叫

作"祖",引申为饯行送别。

②香尘：因落花满地，使尘土也带有芬芳气息。

③棹：船桨，此代称船。

④目断：极目远眺，直到望不见。

⑤寻思：思索，想。

【赏析】

此词咏别情，写送别后的依恋和登高望远的不舍之情。从饯行的酒筵破题，再写长亭离恨。"香尘"句以细节的生动，突出"行人"的深情。接下"居人"、"行人"一个对仗句式，画出匆匆离别的一幅感人画图：匹马映林嘶鸣，行船漾波远去。马嘶声久久在林中回荡，江面上余波涟漪渐渐向四周消散，离别的情思，别后的寂寥使人难耐……后阕集中写"居人"的苦苦思念。一人呆坐空寂画阁，魂不守舍，无法排解别愁的折磨。出阁登上高楼眺望，看到的只是夕阳和江波……这离愁就像江水流逝无穷无尽，无法排遣，我的心要追随他走遍天涯海角！全词运用意识流手法，深情而婉转地写出离别画面和离人心境。

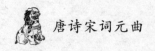

踏莎行

　　小径红稀①，芳郊绿遍，高台树色阴阴见②。春风不解禁杨花，蒙蒙③乱扑行人面。　　翠叶藏莺，朱帘隔燕，炉香静逐游丝转④。一场愁梦酒醒时，斜阳却照深深院。

【注释】

　　①红稀：花朵稀少。红：代指花。

　　②树色：树木葱翠的颜色。阴阴见：微微显露出来，若隐若现。

　　③蒙蒙：杨花柳絮迷蒙纷乱。

　　④游丝转：烟气像游丝一样回旋上升。

【赏析】

　　这是一首写暮春闲愁的作品，上片写暮春景色，蕴含淡淡的闲愁，将大自然春之气息表现得极富色彩、极有生气和层次感。小路上花期已过，红花稀疏，芳草把郊野全都绿遍，高台上大树显现出浓绿的树荫，春风不懂得禁止杨花开放，让杨花漫天飞舞，零乱地扑打在行人的脸上！下片进一步对愁怨作铺垫。黄莺藏在翠叶间啭啼，燕儿被朱帘阴隔只得在户外飞舞。房间一炉馨香静静地燃着，香烟缭绕，飘荡流转。酒醉浓睡的房间主人从愁梦中醒来，此时夕阳正斜照着这座静寂幽深的庭院。

全词以写景为主，最后两句点明抒情主人公所处环境和心境。以户外明媚的春景、繁富的春之物态，衬托户内沉沉困睡、为愁梦搅扰的"人"。这首词的佳妙处也在"终未说破"。这首词以意象的清晰、主旨的朦胧而显示其深美而含蓄的魅力。

蝶恋花

六曲栏杆偎碧树①，杨柳风轻，展尽黄金缕②。谁把钿筝③移玉柱，穿帘海燕④双飞去。　　满眼游丝兼落絮，红杏开时，一霎⑤清明雨。浓睡觉来莺乱语，惊残好梦无寻处。

【注释】

①偎：倚靠。碧树：此指柳树。

②黄金缕：比喻柳枝初发，又嫩又黄，宛如金色丝缕一般。

③钿筝：镶嵌着金钿的筝。

④海燕：古人以为燕子从南海飞来，故称。

⑤一霎：片刻，时间极短暂。

【赏析】

这是一首伤春怀人之作。上片写惜春之情。首三句以闲淡之笔写春景：碧树倚靠六曲阑干，正是当时与伊人流连处，轻风细展丝丝柳条，牵动念旧思绪。忽听传来弹筝的音乐，更让人陷入迷茫的愁情；双燕穿帘离去，倍感此身之孤独。上片景语皆情语。下片写送春之意。前三句仍是景语：眼前屋内是缭绕的炉香烟雾，户外是飘飞的柳絮，一阵清明雨后，正是杏花盛开的时节。四五句写人：浓睡中，被黄莺杂乱的啼唱惊醒，讨厌它破坏了我的好梦。醒后好梦可再也找不到了！

从全篇结构看，上片是入梦前的景象及抒情主体之情绪暗示，与下片的"好梦"相合。下片前三句写梦醒的眼前景象，写醒后的迷惘凄梦。后两句点明人事。全词浑成而隐约地表达出题旨，情入景中，音在弦外，篇终揭题，堪称北宋词之佳作。

破阵子

燕子来时新社①，梨花落后清明②。池上碧苔三四点，叶底黄珊一两声③，日长飞絮轻④。　　巧笑东邻女伴⑤，采桑径里逢迎。疑怪昨宵春梦好，原是今朝斗草赢，笑从脸生。⑥

【注释】

①燕子句：相传燕子于春天的社日北来，秋天的社日南归。新社，指春社，在立春后清明前。社是古时春秋两次祭祀土神的是了。

②梨花句：谓梨花开败而近清明的时节。

③黄鹂：即黄莺，鸣于仲春，声音悦耳。

④日长：谓春在昼长。　飞絮：飘扬的柳花。

⑤巧笑：美好的笑。《诗经·卫风·硕人》："巧笑倩兮。"

⑥疑怪三句：意谓怪不得昨夜里做了个好梦，原来它是今天斗草赢了的好兆头。斗草，也叫差别百草，古代妇女以草竞高低的一种游戏。《荆楚岁时记》："五月五日，四民并踏百草，又有斗百草之戏。"　双脸，双颊的意思。

【赏析】

在《珠玉词》中，这是一首清新活泼的作品，具有淳朴的乡间泥土芬芳。上片写自然景物。"燕子"、"梨花"、"碧苔"、"黄鹂"、"飞絮"，众多意象秀美明丽，

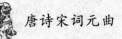

足见春色之娇人。下片写人物。表现烂漫春色中一位年轻村姑之天真形象和幼稚心态。"巧笑"已闻其声,见其容;"逢迎"更察其色,观其形。"疑怪"两句通过观察者心理活动,用虚笔再现"女伴"的生活细节,将村姑的天真可爱一笔点到,与上片生气盎然的春光形成十分和谐的画面美与情韵美。"笑从双脸生"一句特写,收束全篇春光无限之旨。全词优美清秀,洋溢着诱人的青春魅力。尤其上下片景与人对应着写,将春天的生命写活了。其中巧笑的东邻女伴,仿佛春天的女神,给人间带来生气、美丽与活力。

欧阳修

　　欧阳修(1007~1072)字永叔,号醉翁,晚年又号"六一居士",庐陵(今江西吉安)人。幼年丧父,由寡母教养成人。宋仁宗天圣八年(1030)中进士,历官知制诰、翰林学士、枢密副使、参知政事(副宰相),宋神宗熙宁四年(1071),以太子少师致仕。卒赠太子太师,谥文忠。北宋诗文革新运动的领袖,唐宋八大家之一。与宋祁合修《新唐书》,并独立完成《新五代史》,

他在诗文创作上成就显著，词誉也很高。词风清新秀丽，婉转天成，仍以小令见长。有《六一词》和《醉翁琴趣外编》两种词刊本传世。

踏莎行

候馆梅残，溪桥柳细，草薰风暖摇征辔①。离愁渐远渐无穷，迢迢不断如春水。　　寸寸柔肠，盈盈粉泪，楼高莫近危栏倚②。平芜尽处是春山，行人更在春山外。

【注释】

①草薰：花草的芳香。征辔：远行之人所乘的车马。

②危栏：高楼上的栏杆。

【赏析】

这是一首伤春伤别之作。上片写行人客旅的思念。"梅残"、"柳细"；"候馆"、"溪桥"写时空的转换，"摇征辔"写人在旅途，"迢迢"句作一象喻，将行者漂泊无际，且无止期的情事具象化，从而，展示了游子剪不断的离愁。下片写居者高楼的企盼和悬想。柔肠寸寸，

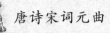

泪流粉面。画楼太高,却不要凭倚高栏。写远望之内心活动,春山本无内外之别,词人将其界定,写出居者念远的迷茫心境,颇令人玩味。此作最大特色,在于结构的"蒙太奇"处理。上下片是两个生活画面的组接,前者写行人,后者写思妇,一种相思,两处离愁,让此情有一个交流互感的过程,比"单相思"来得厚重和深沉。

采桑子

群芳过后西湖好,狼藉残红②。飞絮濛濛,垂柳阑干尽日风。 笙歌散尽游人去,始觉春空③。垂下帘栊,双燕归来细雨中。

【注释】

①逶迤:曲折而绵延不断。

②狼藉:散乱貌。残红:落红。

③春空:春意消失。

【赏析】

此词咏赞春末夏初的西湖风光。上片写百花开过的暮春,凋残的落红,任游人踏得狼藉遍地,漫天飘扬的柳絮迷迷蒙蒙，垂柳掩拂着栏杆，整天是暖风吹荡。颇具画意与诗情。下片写自然的生气靠游人笙歌点染陪衬，人去声静，双燕归梁，细雨朦胧中，又生一新的恬适境界。全词既赞扬春末西湖动态的繁富美，又欣赏静态的闲淡美，尤以人文美为最胜境界，"笙歌散尽游人去，始觉春空"表现了词人重视人文景观的审美意识。上片景中含情，下片情中写景；上片写自然，下片咏人事；"游人去"与"双燕归来"互为映对，极巧妙地表现出变化的布局技巧，曲折而有深味。风格空灵而淡远。

玉楼春

别后不知君远近，触目凄凉多少闷。渐行渐远渐无书，水阔鱼沉何处问。　　夜深风竹敲秋韵，万叶千声皆是恨。故欹单枕梦中寻①，梦又不成灯又烬②。

【注释】

①欹：斜靠。

②烬：灯芯烧成灰烬，指灯灭。

【赏析】

此词写思妇念远的愁情。上片描写思妇别后的孤凄

苦闷和对远游人深切的怀念。采用直接抒情的白描手法，吐尽伤离怨别、音书全无的凄凉。"触目"句概括而凝练。"渐行渐远渐无书"，既写出行人离家远去，又暗示随着距离愈来愈远、时日越来越长，行人也渐渐将家中亲人淡忘的心态变化。"渐无书"令人酸楚。"水阔鱼沉"，更令人绝望！上片写白昼的思念，下片写夜晚的思念。描写思妇秋夜难眠独伴孤灯的愁苦。"风竹敲秋韵"造语新警，"敲"字尤见炼字炼意功力。"万叶千

声皆是恨"采用移情的审美观照，将抒情主体愁情对象化、客观化，造成自然界都在为此思妇的不幸叹惜的表达效果。最后两句，通过写伊人欲寻梦而不成、天又将晓的事实，将全词悲剧效果推向高潮，并就此收笔。

此词语言浅白，情感朴实，近似民歌，具有朴拙美。语浅情深，雅俗兼备，在宋词中少见。

蝶恋花

庭院深深深几许？杨柳堆烟，帘幕无重数①。玉勒雕鞍游冶处②，楼高不见章台路。　　雨横风狂三月暮，门掩黄昏，无计留春住。泪眼问花花不语，乱红飞过秋千去。

【注释】

①无重数：一重重数不清楚。

②玉勒雕鞍：指华丽的车马。

【赏析】

这是一首写女子失恋的名作，以含蕴的笔法描写了幽居深院的少妇伤春怀人的复杂思绪和怨情。上片写这位失恋女身处深深庭院，被轻烟似的杨柳包围，更显得幽深阒寂，而她却被困闭在庭院更深处的重重帘幕之中。她之所以失恋原因是丈夫骑上豪华漂亮的骏马，去妓女群聚之所游春去了！"楼高不见"，即使有高楼可凭眺也对其丈夫冶游无可奈何。下片以景语写女主人公内心极度的悲痛情绪。"雨横风狂"，自然气候恶劣又是失恋打击对女主人公心灵摧残的象征。"门掩黄昏"，境界凄凉；"无计留春"，处境可怜。"泪眼问花"两句最为传神而受赞许。以细节的生动，强调此女哀苦无告才含泪问花，花亦正被摧逼损害，同病相怜，红颜薄命，很有象征意味。

蝶恋花

谁道闲情抛弃久？每到春来，惆怅还依旧。日日花前常病酒①，不辞镜里朱颜瘦。　　河畔青芜②堤上柳，为问新愁，何事年年有？独立小桥风满袖，平林新月人归后。

【注释】

①病酒：醉酒，因酒而病。

②青芜：青草。

【赏析】

这是一首由伤春而引发人生忧患意识的抒情之作。所抒的是难以实指的浓重的感伤之情。首句以反诘的语气直接抒情，意谓尽管久已想将人生的惆怅抛到一边去，可每逢春天，惆怅依旧。接着对"惆怅"加以具体说明：天天在花前喝醉，眼见得镜里朱颜变得憔悴瘦损，但也在所不辞。下片开头是对"春来惆怅"的申说。新草新柳本应给人以新的希冀，可词人所得到的，只是"新愁"而已！而且"年年"如此，这就成为人生忧患了。何以会如此？则启人思索。最后以场景作结，更具魅力。这位待平林月上，众人归去，而独自立于溪桥风中的词人，像一位深长思之的哲人苦思冥想人生忧患的永恒命题。留下了广阔的想象空间。

蝶恋花

几日行云何处去？忘了归来，不道①春将暮。百草千花寒食②路，香车系在谁家树？　　泪眼倚楼频独语，双燕来时，陌上相逢否？撩乱春愁如柳絮，依依梦里无寻处。

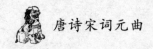

【注释】

①不道：不觉。

②寒食：据《荆楚岁时记》，冬至后一百零五日，即有疾风甚雨，谓之寒食。其时在清明前二日。古俗，寒食节禁火三日。

【赏析】

这首词写闺怨，上片写爱人如行云游荡在外不归；春色将暮，百草千花纷呈，在寒食踏青路上游人成双成对，闺中人自然深怀哀怨。"行云"喻漂荡在外的男子，他离家不归。从词意看，"香车系在谁家树"暗隐是寻花问柳去了。下片着重写被冷落而独守空房的思妇凄苦的愁情。泪眼倚楼，独自私语，已到痴迷地步。无可奈何地向双燕询问，全无结果，想入梦境去追寻也无着落。此时伊人杂乱的愁绪就像柳絮一样，漫天飘飞，朦胧一片，无处不在。这首词以家常话和白描手法写女子失恋的悲哀，深隐而沉痛。

诉衷情

清晨帘幕卷轻霜，呵手试梅妆①。都缘自有离恨，故画作、远山长。　　思往事，惜流芳②，易成伤。拟

铅华洗尽见天真

涉世方知，善俗不可

憎时拙克

笔作画

歌先敛，欲笑还颦③，最断人肠。

【注释】

①梅妆：南朝宋武帝女寿阳公主作梅花妆，即在眉宇间画一朵梅花作为妆饰。

②流芳：流逝的时光。

③颦：皱眉。

【赏析】

这是一首咏歌女的作品，以细节的生动及表现心理世界真切传神取胜。词中主人公已有男朋友，但远在他乡，上片写她梳妆思念亲人的生活细节。秋末冬初，"轻霜"节候，清晨卷起帘幕，呵着热气暖手指，强打精神试画梅花妆，特意把双眉画得像远山一样弯曲细长。赋予深刻的念远寓意，新颖独到，最见性灵。下片写忆旧愁情，以叹惜时光飞逝陪衬，倍增其伤感。结尾写两个细节：准备唱歌，却立即收敛住歌喉；想笑，却先皱起了眉头。艺术地将歌女内心的矛盾、凄苦的情怀

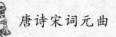

和不得不强颜欢笑的处境都融入这一"敛"一"颦"的外部表情之中，具有很强的表现力。

浪淘沙

　　把酒祝东风，且共从容①。垂杨紫陌②洛城东。总是当时携手处，游遍芳丛。　　聚散苦匆匆，此恨无穷。今年花胜去年红。可惜明年花更好，知与谁同？

【注释】

　　①从容：留连。

　　②紫陌：文人泛称京都郊野之路为紫陌。

【赏析】

　　这是一首忆旧惜春之作。春天到了，把酒临风，在明媚的春光中留连从容，洛阳城东的这条大道旁、柳荫下，都是当年词人与情人常常携手幽会的地方。"游遍芳丛"，可以激起多少美好的忆恋！可惜人生的聚散，相聚匆匆，离别匆匆，遗恨无穷无尽。今年的鲜花比去年开得红艳，明年想必会开得更加美好。但到那时，又能与谁一道欣赏这赏花盛景呢？此首词从去年至今年，从眼前到将来，跨时空地抒发对情人的思念与悬想。最后以花之一年比一年好衬托人之一年比一年衰，表达欲重温旧梦而不可得的渺茫。此作跨越时空背景，容易引起有类似经历者的想象与联想，产生深层的情感共鸣。

青玉案

　　一年春事都来几？早过了、三之二。绿暗红蔫浑可事①，绿杨庭院，暖风帘幕，有个人憔悴。　　买花载酒长安市，又争似②家山见桃李？不枉③东风吹客泪，相思难表，梦魂无据，惟有归来是。

【注释】

　　①浑可事：浑，还是。可事，小事，寻常事。

　　②争似：怎似。

　　③不枉：不怪。

【赏析】

　　这是一首写游子思家的作品。开头通过计算春事过去多少，引出"有个人憔悴"的伤感。"绿暗红蔫"句谓春去夏来，是年年如此的事情，闲居在"绿杨庭院，暖风帘幕"中的抒情主人公，却不能不为之动情。下片通过在京都"买花载酒"不如在家乡见到桃李花的对

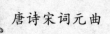

比，强化思乡的朴素真情。后四句，通过欲梦乡而不得，思乡情又难以传述，只得迎风流泪，点明只有归家才是唯一了却心事的办法。全词在平淡的语言、纡缓的节奏和曲折的暗示对比中，抒发人人心中常有的伤春的乡愁。

南歌子

凤髻金泥带①，龙纹玉掌梳②。走来窗下笑相扶。爱道"画眉③深浅，入时无"。　　弄笔偎人久，描花试手初。等闲妨了绣工夫。笑问"双鸳鸯字、怎生④书"。

【注释】

①凤髻金泥带：用凤钗及金丝带梳饰的发髻。

②龙纹玉掌梳：图案作龙形如掌大小的玉梳。

③"画眉"句：唐朱庆馀《近试上张水部》："洞房昨夜停红烛，待晓堂前拜舅姑。妆罢低问夫婿，画眉深浅入时无？"入时无，即赶得上时兴式样么？时髦么？

④怎生：怎样。

【赏析】

此词咏爱情，写新婚夫妻的甜蜜。不同凡响的是该词脱去一般相思离别或花前月下寄情之陈规，通过新婚女子的特殊妆梳和深情的言语及动作表情等，活现了新婚少妇对丈夫的一片纯真深情，以及其对幸福的爱情生活之珍视和向往。"凤髻"、"龙纹"两句写新妇的容貌美艳、热爱生活、重视对方的审美态度，同时也显示其贵家少妇的身份和居于主动的地位。"走来"笑扶，形神兼妙，其人呼之欲出；"爱道"句令读者如闻其娇媚的柔声；"弄笔"、"描花"细节生动传神；"等闲"句最能见其人新婚之激动以及陶醉在爱情幸福中之神情心态；"笑问"句问得明了又含蕴，妙趣横生。全词以生活流程，表现新妇在闺房向丈夫表示爱情的细节，人物动作性强，神态毕现，达到炉火纯青的艺术境界。

浣溪沙

堤上游人逐画船。拍堤春水四垂天。绿杨楼外出秋千。　　白发戴花君莫笑，六幺^①催拍盏频传。人生何处似尊前？

【注释】

①六幺：古曲调名，又名《绿腰》，是曲调中声奇美者。

【赏析】

此词写赏春的雅兴。上片三句一句一景，写船外的风光。春意融融，烂漫人生在春日更表现出鲜美的活力。"绿杨楼外出秋千"，将代表春意的绿杨与代表青春生命的少女叠入一个画面，赞赏与羡慕洋溢着活力的春情。下片写船内赏春遣怀的豪情。"白发戴花"，苍颜白发，欢歌畅饮，放浪形骸，旁若无人。自得其乐的醉翁形象呼之欲出。"君莫笑"，则明知己态反常而偏欲为之，倍增其"戴花"的感染力。尾句以尊前美酒只图一醉的颓放，抒发内心万事不如意的郁闷。小令而能大起大落，寻常景而能兴人生重大感慨，平易和畅，结构整饬。

叶梦得

叶梦得（1077～1148）字少蕴，号石林居士。苏州吴县（今江苏苏州）人。绍圣四年进士，累迁翰林学士、兼侍读，除户部尚书，以崇信军节度使致仕，赠检校少保。有《建康集石林词》一卷。关子东云："叶公妙龄词甚婉丽，晚岁落其华而实之，能于简淡时出雄

杰，合处不减东城坡。”

贺新郎

睡起啼莺语。掩苍苔房栊向晚，乱红①无数。吹尽残花无人见，惟有垂杨自舞。渐暖霭初回轻暑。宝扇重寻明月影，暗尘侵，上有乘鸾女。惊旧恨，遽如许。　　江南梦断横江渚，浪黏天葡萄涨绿，半空烟雨。无限楼前沧波意，谁采苹花寄取？但怅望兰舟容与②。万里云帆何时到？送孤鸿目断千山阻。谁为我，唱金缕？

【注释】

①乱红：落花。

②容与：安闲貌，“与”读去声。

【赏析】

此词应是词人晚年知福州时所作。上片叙述作者初

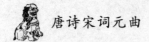

夏午睡起来，见花事凋零的残春景象很有所感，"吹尽残花"两句，隐含着影射时局之意。睹"宝扇"而"重寻明月影"，有叹惜山河破碎之意。"惊旧恨"，当是念及靖康之耻。下片写遥望江山，触景即情，浮想联翩。抒写了由于大江横截，有家不能归的怅恨。此词以比兴寄托之手法，用景物自然写政治感慨，沉郁苍凉，内涵丰富。

元曲

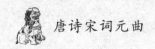

元好问

（1190～1257），字裕之，号遗山，太原秀容（今山西忻县）人。他是金元之际著名的文学家，领袖文坛三十年。金宣宗朝进士，曾入翰林，知制诰。金亡后不仕，筑野史亭隐居。好问多才多艺，系一代著名诗人、文学家、散曲家。有《遗山集》、《中州集》、《壬辰杂编》等遗世。

〔中吕〕喜春来

春 宴

【原文】

春盘宜剪三生菜①，春燕斜簪七宝钗②。春风春酝透人怀。介宴排，齐唱喜春来。

【注释】

①春盘宜剪三生菜：立春那天，人们常用生菜、春

饼等物装盘（叫做春盘），邀集亲友野游，庆贺春之来临。

②七宝钗：用多种宝物装饰的妇女用的首饰。

【赏析】

这是元好问四首《喜春来》中的第一首。作者通过对早春景物和民间迎春风俗的描写，表达了人们以欢快喜悦的心情迎接春天的到来。

在迎春的宴会上，人们和着和煦的春风，喝着香甜的美酒，欢快地唱着《喜春来》的曲子，是何等的惬意啊！

〔双调〕骤雨打新荷

【原文】

绿叶阴浓，遍池亭水阁，偏趁凉多。海榴初绽①，朵朵簇红罗②。乳燕雏莺弄语，有高柳鸣蝉相和。骤雨过，珍珠乱撒，打遍新荷。人生百年有几？念良辰美景，休放虚过。穷通前定③，何用苦张罗④。命友邀宾玩赏，对芳樽浅酌低歌⑤。且酩酊，任他两轮日月，来往如梭。

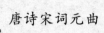

【注释】

①海榴：即石榴。

②罗：轻软、稀疏的丝织品。

③穷通：穷：困窘；通：顺利。

④张罗：料理与筹划。

⑤芳樽：美好的酒杯。此处指代美酒。

【赏析】

此曲表达元之际，文士放浪江湖的闲情逸致。上曲写夏令的"良辰美景"，描绘了大自然的勃勃生机；下曲写"命友邀客"赏景，对饮低歌的赏以乐事，即景抒怀，流露出及时行乐的消沉思想。是当时士大夫文人精神生活的典型写照。

杨 果

杨果（1195～1269），字正卿，号西庵，祁州蒲阳（今河北安国）人。金正大初（1224）中进士，曾任偃师令，为官廉洁精干。中统、至元年间曾官北京宣抚使、参知政事、怀孟路总管，以老致仕，卒于家。著有

《西庵集》。《全元散曲》存其小令十一首，套数五支。

〔越调〕小桃红

【原文】

　碧湖湖上采芙蓉①，人影随波动，凉露沾衣翠绡重②。月明中，画船不载凌波梦③。都来一段，红幢翠盖④，香尽满城风。

【注释】

　①芙蓉：荷花。

　②凉露沾衣翠绡重：绡，用生丝织的绸叫绡。

　③凌波梦：即凌波曲。《太真外传》载：玄宗于梦中作凌波曲，醒后尽记之。

　④红幢（chuáng）翠盖：装饰化美的船。幢，旌旗之类。盖，即伞盖。

【赏析】

　该曲描写采莲女对爱情的坚贞。满城烟水月光朦，采莲女一面采莲，一面回忆当初和情人相互唱和的情景。如今，伴侣却已被关山隔断，采莲女只有望断碧云空自惆怅。然而，她却以莲自比：她与情人间的情丝恰

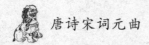

如藕丝一样，绵长难断。

刘秉忠

刘秉忠（1216～1274），字仲晦，初名侃，邢州（今河北邢台县）人。他是元代的开国元勋。十七岁时，即任邢台节度使府令史，后隐武安山中为僧，改名子聪。他虽位极人臣，而斋居蔬食，终日淡然，自号藏春散人，每以吟咏自适。他的散曲多抒写景致与感慨，其中以〔干荷叶〕八首最著名。著有《藏春散人集》。《全元散曲》辑其小令十二首。

干荷叶

【原文】

南高峰，北高峰①，惨淡烟霞洞②。宋高宗③，一场空。吴山依旧酒旗风，两度江南梦④。

【注释】

①南高峰，北高峰：杭州西湖边上的两座山峰。

②烟霞洞：在杭州。北高峰、南高峰也在杭州。

③宋高宗：南宋第一个皇帝。

④两度江南梦：似指曾建都于杭州的五代吴越国和南宋先后两个王朝的败亡。

【赏析】

此曲从杭州名胜景色引起联想。全曲未及荷，写王朝的兴废也如一梦，抒发了风景依旧而繁华成空的千古感慨。

杜仁杰

杜仁杰（1205？～1285？），原名之元，字善夫，号止轩，济南长清人。仁杰淡薄于功名，不求仕进，长期隐居于故乡长清。性情善谑，学识渊博，著有《善夫先生集》。今传散曲有小令一首，套曲三首，还有残曲数支。

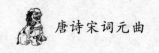

〔般涉调〕耍孩儿

庄家不识构阑① （套数）

【原文】

风调雨顺民安乐，都不似俺庄家快活。桑蚕五谷十分收②，官司无甚差科③。当村许下还心愿，来到城中买些纸火④。正打街头过，见吊个花碌碌纸榜⑤，不似那答儿闹穰穰人多⑥。

〔六煞〕见一个人手撑着椽做的门⑦，高声的叫"请请"，道"迟来的满了无处停坐"。说道"前截儿院本《调风月》⑧，背后么末敷演《刘耍和》⑨"。高声叫："赶散易得⑩，难得的妆哈⑪"。

〔五煞〕要了二百钱放过咱，人得门上个木坡⑫，见层层叠叠团栾坐⑬。抬头觑是个仲楼模样⑭，往下觑却是人旋窝⑮。见几个妇女向台儿上坐，又不是迎神赛社⑯，不住的擂鼓筛锣⑰。

〔四煞〕一个女孩儿转了几遭，不多时引出一伙。中间里一个央人货⑱，裹着枚皂头巾⑲，顶门上插一管笔⑳，满脸石灰㉑，更着些黑道儿抹。知他待是如何

过^㉒？浑身上下，则穿领花布直裰^㉓。

〔三煞〕念了会诗共词^㉔，说了会赋与歌，无差错。唇天口地无高下，巧语花言记话多。临绝末^㉕，道了低头撮脚^㉖，爨罢将么拨^㉗。

〔二煞〕一个妆做张太公，他改做小二歌，行行行说向城中过。见个年少的妇女向帘儿下立，那老子用意铺谋待做老婆^㉘。教小二哥相说合^㉙，但要的豆谷米麦，问甚布绢纱罗。

〔一煞〕教太公往前那不敢往后那^㉚，抬左脚不敢抬右脚，翻来覆去由他一个。太公心下实焦燥^㉛，把一个

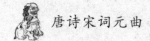

皮棒槌则一下打做两半个②。我则道脑袋开灵破③，则道兴词告状，剗地大笑呵呵④。

〔尾〕则被一胞尿，爆的我没奈何。刚捱刚忍更待看些儿个，枉被这驴颓笑杀我。⑤。

【注释】

①构阑：即勾栏，宋元时演戏曲杂耍的场所。

②十分收：即丰收。

③差科：古代官府摊派给百姓的徭役租税。

④纸火：纸钱香烛等。

⑤吊：悬挂。纸榜：演出广告。

⑥那答儿：即那里。

⑦椽（chuán）椽子：这里泛指木条。

⑧前截儿：前半段时间。院本：宋金时广泛流行的滑稽戏。《调风月》：院本剧目。

⑨背后：后半段时间。么（yāo）末：即杂剧。《刘耍和》：刘耍和是金元间著名戏剧演员，他故事被后人编为杂剧。

⑩赶散：指赶场的散乐戏班。

⑪妆哈：化妆打扮。这里比喻演出的隆重。

⑫木坡：木制的梯形看台。

⑬团栾（luán）坐：观坐一圈一圈地围坐。

⑭钟楼模样：指戏台。

⑮人旋窝：形容观众拥挤。

⑯赛社：旧俗每年秋后，用酒食祭土地神，饮酒作乐。

⑰筛锣：敲锣。

⑱央人货：即害人精。

⑲皂：黑色。

⑳顶门上：指头巾顶上前面的部分。

㉑石灰：涂在脸上的白粉。

㉒待是：将要，打算。

㉓直裰（duō）：大领长袍。

㉔会：一会儿。

㉕绝末：指表演结束。

㉖"道了"句：意为并拢双脚，低头向观众鞠躬致谢。

㉗"爨罢"句：意为小演唱结束，便拿起弦索将正剧来弹拨。爨（cuàn），戏曲名词，宋杂剧、金院本中某些简短的表演。这里指开场的小演唱。么，那么末，杂剧。此处指正式演出。

㉘铺谋：设计，谋划。

㉙说合：即说媒。

㉚那（nuó）：同"挪"。

㉛焦慄：即焦躁。

㉜皮棒槌：演剧道具。

㉝则道：认为。开灵：即天灵盖。

㉞刬（chǎn）地：无端。

㉟驴颓：雄驴的生殖器。

【赏析】

这篇套数写一个农民第一次到剧场看戏的情景与感受，生动地描绘了元代勾栏的热闹场面、以及角色的化装和演出等情况，给我们留下了一份有关元代都市生活杂剧演出的珍贵资料。全套共八支曲子，以时间为序。〔耍孩儿〕写这个农民为还心愿进城城买香烛纸钱，偶然看到勾栏前的热闹景象；〔六煞〕写他看到勾栏把门人招徕看客的情景；〔五煞〕写他交钱入场后看到的剧场情景；〔四煞〕写剧目正式演出前，开场一段小演唱中角色的穿着打份；〔三煞〕写小演唱的演出情况；〔二煞〕描写《调风月》的剧情。这场戏共有三个角色，付末扮小二哥，付净份张太公，旦份帘下妇人；〔一煞〕写《调风月》剧情的发展和结局；〔尾〕描写庄稼人因内急而不得不半途退场，看不到后面精采演出的懊丧心情。这个套曲纯用口语写成，清新活泼，绘声绘影，惟

妙惟肖，极为传神。生活气息浓厚，是关于当时的风情
与民俗的极佳画幅，叙事与描写融为一炉，使人如入其
境，感同身受，火爆的场面与略带诙谐的语风，使人兴
致盎然，给那位农民也留下了同样的"不满足"与"遗
憾"——而这也正是曲终意尤未尽而给人带来的"延宕
审美效果的别一种表现方式"。

王和卿

王和卿（1242～1320），字和卿。大名（今河北大
名县）人，与关汉卿同时，并结为友好。为人幽默诙
谐。散曲作品现存小令二十一首，套数一套，以及两套
残套。

〔仙吕〕醉中天

咏大蝴蝶

【原文】

弹破庄周梦①，两翅驾东风，三百座名园一采个空。

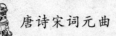

难道风流种②，吓杀寻芳的蜜蜂③。轻轻的飞动，把卖花人扇过桥东。

【注释】

①"弹破"句：意为蝴蝶之大竟然把庄周的蝶梦给弹破了。

②难道：难道，难道描述。风流种：此处指耽于寻花问柳、玩弄女性的"花花太岁"。

③杀：用在动词后，表示程度之深。

【赏析】

此曲巧用"庄周梦蝶"之典讽刺贪色的花花公子到处糟踏女人，干尽坏事。"典"的运用，赋予此作以寓言色彩，增强了艺术魅力，也加大了讽刺力度。

〔双调〕拨不断

大鱼

【原文】

胜神鳌①，夯风涛②，脊梁上轻负着蓬莱岛③。万里夕阳锦背高④，翻身犹恨东洋小，太公怎钓⑤？

【注释】

①神鳌：神话传说中一种有神力的大海龟。

②夯（hāng）：用力顶撞。

③蓬莱岛：传说中的海上三仙山之一。

④锦背：色彩鲜艳的鱼背。

⑤太公：即姜太公。

【赏析】

此作用极度夸张的手法，描绘了一个神异的海鱼形象。它大且有神力：顶狂风抗巨浪，背上仿佛"轻负"着蓬莱仙岛，翻一翻身似乎觉得东海也实在狭小。明写大鱼，实际上另有深意：人应有不避艰险、气吞山海的阔大胸怀和非凡抱负，昭示出作者本人狂放傲世的性格。

盍西村

盍西村（生卒年不详），盱眙（今江苏）人。工曲风格清新明快。现存小令十七首，套数一篇。

〔越调〕小桃红

杂咏

【原文】

绿杨堤畔蓼花洲，可爱溪山秀，烟水茫茫晚凉后①。捕鱼舟，冲开万顷玻璃皱。乱云不收，残霞妆就，一片洞庭秋②。

【注释】

①"烟水"句：傍晚以后，凉意宜人。水面上烟雾笼罩，一片迷茫。

②"乱云不收"三句：天空中飘着散乱的云朵，天

边抹着晚霞的光辉，更点缀了洞庭秋色。

【赏析】

　　盍西村的《杂咏》共八首，这里选的为第六首，该曲描写洞庭秋景：柳堤花洲，烟水残霞，迷迷蒙蒙，如梦如幻，此为静景；渔舟冲浪，碧波翻腾，乱云飘散，天宇变幻，写的是动景，动静结合，相映成趣，给我们留下了洞庭之秋的成种风情。

商 挺

　　商挺（1209～1288），字孟卿，一作梦卿。曹州济阴（今山东荷泽）人，元初为行台幕官，后累官至枢密副使。自号左山老人，著诗千余篇现存小令19首。

〔双调〕潘妃曲

【原文】

　　闷酒将来刚刚咽，欲饮先浇奠①。频祝愿，普天下心厮爱早团圆②。谢神天，教俺也频频的勤相见。

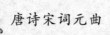
【注释】

①浇尊：在祭祖或求神时，把酒浇在地上，以示心意虔诚。

②厮爱：相爱。

【赏析】

此曲头两句以借酒浇愁切入，正当举杯欲饮之际，忽然念头一转，改为以酒浇地祈求神明，保佑天下有情人都成着属——也包括自己在内。

其构思颇有杜甫《茅屋为秋风所破歌》的神韵。

胡祗遹

胡祗遹（1227～1293），字绍开，号紫山，磁州武安（今河北磁县安县）人。他在至元初年曾任应奉翰林文字、太常博士。抑制富豪，扶持寡弱，极有德望。从现存作品看，他曲风清秀典丽，明净自然。明朱权《太和正音谱》评他的曲"如秋潭孤月"。著有《紫山大全集》。《全元散曲》存其小令十一首。

〔双调〕沉醉东风

【原文】

渔得鱼心满愿足①，樵得樵眼笑眉舒。一个罢了钓竿，一个收了斤斧。林泉下偶然相遇，是两个不识字渔樵上大夫。他两个笑加加的谈今论古②。

【注释】

①渔：渔夫。下句第一个"樵"字，指樵夫，第二个"樵"字，指柴火。

②笑加加：即笑吟吟。

【赏析】

此曲写渔父樵夫的生活乐趣。他们狂放情不羁，在谈笑中"评今论古"，是不识字的士大夫。这样，既赞美了他们的生活方式，又步定了他们的认知能力。从而昭示出作者素朴的平民意识。

王　恽

王恽（1227～1304），字仲谋，别号秋涧。卫州辉汲（今河南汲县）人。经姚燧推荐，他先做评议官，后屡有升迁，任过国史编修、监察御使、福建按察使等；又授翰林学士。在元曲家中，他仕途算顺达的。大德五年（1301）上书求退，八年（1304）卒，年七十八。他是当时有名的学者、词曲家、书法家。散曲无论曲词，结构都不同流俗，风格雄浑雅健。著有《秋涧先生大全文集》一百卷，其中《秋涧乐府》四卷。《全无散曲》辑其小令四十一首。

〔正宫〕黑漆弩

游金山寺① （序略）

【原文】

苍波万顷孤岑矗②，是一片水面上天竺③。金鳌头满咽三杯④，吸尽江山浓绿。蛟龙虑恐下燃犀⑤，风起浪翻如屋。任夕阳归棹纵横⑥，待偿我平生不足。

【注释】

①金山寺：又名江天寺，位于江苏省镇江市西北的金山上。

1892

②岑（cén）：小而高的山。

③上天竺：指上天竺寺。位于杭州灵隐山。

④金鳌头：金山最高处有金鳌蜂。

⑤"蛟龙"句：意为蛟龙在忧虑、害怕有人燃着犀牛角深入水中，照出它们的丑恶形相。

⑥棹（zhào）：船桨，此处指船。

【赏析】

此曲写金山寺的自然风光，气势豪放，意境空阔。末了表现作者因有机会游金山寺，从而补偿了大半生游赏之不足，喜悦之情溢于言表。全曲似有苏东坡"大江东去"之神韵。

〔越调〕 小桃红

【原文】

采菱人语隔秋烟①，波静如横练。入手风光莫转②。共留连，画船一笑春风面。江山信美，终非吾土③，何日是归年④。

【注释】

①秋烟：指水上浮着的如灯轻雾。化用李白《采连

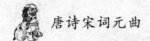

曲》句："耶溪旁莲女,笑隔荷花共人语。"此句写秋天的水面上,隔着轻纱般的雾气,传来采莲女的笑语声。

②"入手"句:杜甫《曲江》诗有"传语风光共流转,暂时相赏莫相违"句。这里意思相同,是说眼前的风光千万别随时光流逝了。

③"江山"二句:化用王粲《登楼赋》"虽信美而非吾土兮,曾何足以少留"句,表达强烈的思乡之情。

④"何日"句:这里借用社甫《绝句二首》中的"今春看又过,何日是归年"诗意。

【赏析】

此曲作者以白描手法,开象生动写出采莲人情念故乡之情思。前段写他乡之美,但"终非吾土",点出归意。景色写得愈美,愈能反衬思乡之烈。

陈草庵

陈草庵(? ～1301),字子方,号容斋,东平(今山东东平县)人。生平事迹不详,《录鬼簿》列为"前辈名公"称其为"中丞"。其所存散曲作品,多愤世嫉俗之语。《全元散曲》存其小令二十六首。这里所选的

曲中，原选归在无名氏下，现据《全元散曲》改正。

〔中吕〕山坡羊

【原文】

伏低伏弱①，装呆装落②，是非犹自来着莫③。任从他，待如何，天公尚有妨农过④，蚕怕雨寒苗怕火。阴，也是错；晴，也是错。

【注释】

①伏：屈服。

②落：衰朽。

③着莫：沾惹。

④妨农过：妨碍农时之罪过。

【赏析】

小令用深刻有力的笔独，揭露了封建社会人们动辄得咎、生活于种种险恶包围中的现实，以及百姓无奈何的境况。后半以天公为例，用调侃的手法，进一步讽刺了社会的黑暗。"阴，也是错"晴，也是错。"写尽了百姓的无奈，是一种令人以碎的呻吟。

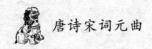

徐 琰

徐琰（？～1301），字子方，号容斋，东平（今山东东平县）人。曾任翰林学士等职。著有《爱兰轩诗集》。

〔南吕〕一枝花

间阻①（套数）

【原文】

风吹散楚岫云②，水淹断蓝桥路③。死分开莺燕友，生拆散凤鸾雏④。想起当初，指望待常相聚，谁承望好姻缘遭间阻？月初圆忽被⑤阴云，花正发频遭骤雨！

〔梁州〕他为我画阁⑥中倦针指，我因他在绿窗⑦前懒看诗书。这些时不由我心忧虑，这些时琴闲了雁足⑧，歌歇骊珠⑨。则我这身心恍惚，鬼病揶揄⑩。望夕阳景嗟吁⑪，倚危楼朝夜踌蹰⑫。我我我觑⑬不的小池中一来

一往义颈鸳鸯，听不的疏林外一递一声啼红杜宇⑭，看不的画檐间一上一下斗巧蜘蛛。景物，态度。蜘蛛丝一丝丝又被风吹去，杜宇声一声声唤不住，鸳鸯对一对对分飞不趁逐⑮。感起我一弄儿⑯嗟吁！

〔尾声〕再几时能够那柔条儿再接上连枝树⑰？再几时能够那暖水儿重温活比目鱼⑱？那的是着人断肠处？窗儿外夜雨，枕边厢泪珠，和我这一点芳心做不的主。

【注释】

①间阻：离别。

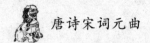

②楚岫云：云梦的一个山洞，系神女与怀王在云雾中亲爱之处。

③蓝桥路：通往蓝桥之路，《庄子·盗跖》说，一个叫尾生的青年同一女子相约在蓝桥下会面。女子未来而大水忽到尾生抱桥柱而死。

④雏，本作幼禽解，此处喻年轻的情人。

⑤被：遮盖。

⑥画阁：华丽的楼阁。

⑦绿窗：书房。

⑧雁足：原指传书带信的人。此处说的"琴闲了雁足"，指雁足状的琴的弹拨器。

⑨骊珠：极珍贵的珠子，这里喻美妙的歌声。

⑩鬼病揶揄：相思病的捉弄。

⑪嗟吁：感叹声。

⑫危楼：高楼。

⑬觑：看。

⑭啼红杜宇：杜鹃鸟不住地叫，直到吐血。

⑮趱逐：追赶。

⑯一弄儿：一古脑儿。

⑰连枝树：连理枝树。

⑱比目鱼：比喻感情深厚的情侣。

【赏析】

此曲写一对热恋中的所轻人被强行拆散隔离的相思之情。主人公是一们饱读诗书又多情善感的人，因此这首小令用典多，骈偶句多，形象丰富、生动，言辞激切而深沉。这正切合了主人公的出身与性格。因之，作品也就格外感人。

姚　燧

姚燧（1239～1314），字端甫，号牧庵，祖籍柳城（今辽宁朝阳），后迁居河南洛阳。他一生为官，官至江东廉访使、太子少傅、翰林学士承旨知制诰兼修国史。皇庆二年（1313）卒，年七十六。他是元代有名的古文家，其文"闳肆该洽，豪而不宕，刚而不厉，春容盛大，有西汉风"，与卢挚并称"姚卢"。他的散曲语言浅白，笔调流畅，简淡高旷。有《牧庵集》。《全元散曲》存其小令二十九首，套数一支。

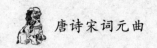
〔中吕〕醉高歌

岸边烟柳苍苍

【原文】

岸边烟柳苍苍，江上寒波漾。阳关旧曲低低唱^①，只恐行人断肠。

【注释】

①阳关旧曲：指王维的《渭城曲》，后人将其谱成送别曲。

【赏析】

此曲写送别友人的离愁别绪。开头两句以写江边苍茫的景色，衬托与友人难离难舍的悲怆。小曲写得情景交融，言简意丰，构思精巧。

〔中吕〕醉高歌

感　怀

【原文】

十年燕月歌声①，几点吴霜鬓影②。西风吹起鲈鱼兴，已在桑榆晚景③。

【注释】

①燕，指大都。

②霜，指白发。

③据《晋书·张翰传》载，张翰为齐王属官，秋风起时想吃家乡的菰菜、莼羹、鲈鱼脍（kuài 细切的肉），对人说："人生贵得适志，何能羁官数千里，以要名爵乎！"于是乘车回乡。桑榆晚景，比喻人的晚年。

【赏析】

此首小曲极写思乡之情：京城十年，赏月听歌；来到吴地，又值两鬓染霜。

西风更撩惹起我晚年思乡之情，快快归去吧！小曲生活气息浓厚，感情真势强烈。

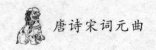

〔双调〕寿阳曲

咏李白

【原文】

贵妃亲擎砚，力与与脱靴。御调羹就飱①不谢。醉模糊将嚇蛮书便写。写着甚"杨柳岸晓风残月"。

【注释】

①飱：即晚饭。

【赏析】

这首曲是作者赞美李白醉写嚇蛮书时，敢于蔑视高力士唐玄宗杨玉环等权贵的英勇气慨。

作者借用李白写外邦语文书，令杨妃持砚，高力士为己脱靴，皇帝调羹汤给他面他并不道谢这个故事，并引用了宋人柳永的句子，既讽刺帝妃贵臣之低能，更赞扬李白的才高出众。昭示出作者反对封建权贵的思想立场。

〔越调〕凭阑人

【原文】

两处相思无计留，君上孤舟妾倚楼。这些兰叶舟[1]，怎装如许愁[2]。

【注释】

①兰叶舟：小船。

②如许，这么多。

【赏析】

此曲写一个妇女送别丈夫的情景。写此女知道离后要两地相思，但又无计留住丈夫。想到江边送行，封建礼教又不允许，只好“君上孤舟妾倚楼”，从远处眺望丈夫乘舟到遥远的他乡。“这些兰叶舟”如何能装下这么多愁。最后两句巧妙地化用李清照《武陵春》中：只恐双溪舴艋舟，载不动许多愁”的词意，强化了对离妇内心的凄楚的表现力。

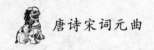

不忽木

不忽木（1252～1298），一名时用，字用臣，康里部人。回纥族。曾任翰林学士承旨知制诰，兼修国史。有散曲作品《仙吕·点降唇》等遗世。

〔仙吕〕点降唇①

辞朝（套数）

【原文】

宁可身卧糟丘②，赛强强命悬君手③。寻几个知心友，乐以忘忧，愿做林泉叟④。

〔混江龙〕⑤布袍宽袖，乐然何处谒王侯⑥。但樽中有酒⑦，身外无愁。数着残棋江月晓⑧，一声长啸海门秋⑨。山间深住，林下隐居，清泉濯足⑩。强如闲事萦心⑪淡生涯一味谁参透⑫？草衣木食，胜如肥马轻裘⑬。

〔油葫芦〕⑭虽住在洗耳溪边不饮牛⑮，贫自守。乐闲身翻作抱官囚⑯，布袍宽褪拿云手，玉箫占断谈天口⑰。吹箫访伍员⑱，弃瓢学许由⑲。野云不断深山岫⑳，谁肯官路里半途休。

〔天下乐〕㉑明放着伏事君王不到头㉒，休休，难措手。游鱼儿见食不见钩，都只为半纸功名一笔勾，急回头两鬓伙㉓

〔哪吒令〕㉔谁待似落花般莺朋燕友㉕，谁待似转灯般龙争虎斗㉖，你年这迅指间乌飞兔去走㉗。假若名利成，至如田园就㉘，都是些飞去马来牛㉙

〔鹊踏枝〕㉚臣则待醉江楼，臣山丘，一任教谈笑虚名，小子封侯㉛。臣向这仕路上为官倦首㉜，枉尘埋了锦带吴钩㉝。

〔寄生草〕㉞但得黄鸡嫩，白酒熟，一任教疏篱墙缺茅庵漏㉟。则要窗明炕暖蒲团厚，问其身寒腹饱麻衣旧㊱。饮仙家水酒两三瓯，强如看翰林风月三千首㊲。

〔村里迓鼓〕㊳臣离了九重宫阙㊴，来到这八方宇宙㊵。寻几个诗朋洒友，向尘世外消磨白昼㊶。臣则待领着紫猿㊷，携白鹿，跨苍虬㊸。观着山色，听着水声，饮着玉瓯。倒大来省气力如诚惶顿首㊹。

〔元和令〕㊺臣向山林得自由，此朝市内不生受㊻。玉堂金马间琼楼㊼，控珠帘十钩。臣向草庵门外见瀛洲㊽，

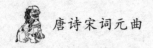

看白云天尽头。

〔上马娇〕⁴⁹但得个月满舟⁵⁰，酒满瓯，则待雄饮醉时休⁵¹。紫箫吹断三更后⁵²，畅好是休。孤鹤唳一声秋⁵³。

〔游四门〕⁵⁴世间闲事挂心头，唯酒可忘忧⁵⁵。非是微臣常恋酒⁵⁶，叹古今荣辱，看兴亡成败，则待一醉解千愁⁵⁷。

〔后庭花〕⁵⁸拣溪山好处游，向仙家酒旋踤⁵⁹，会三岛十洲客⁶⁰，强如宴公万户侯⁶¹。不索你问缘由，把玄关泄漏⁶²。这箫声世间无，天上有⁶³，非微臣说强口⁶⁴，酒葫芦挂树头，打渔船缆渡口。

〔柳叶儿〕⁶⁵则待看山明水秀，不恋您市曹中物穰人稠⁶⁶。想高官重职难消受⁶⁷，学耕耨⁶⁸，种田畴，倒大来无虑无忧⁶⁹。

〔赚尾〕⁷⁰既把世情疏⁷¹，感谢君恩厚，臣怕饮的是黄封御酒⁷²。竹杖芒鞋任意留⁷³，拣溪山好处追游。就着这晓云收，次落了深秋，饮遍金山月满舟⁷⁴。那其间潮来的正悠⁷⁵，船开在当溜⁷⁶，卧吹箫管到扬州⁷⁷。

【注释】

①点降唇：曲牌名，常用为杂剧或套数的首曲。

②糟丘：此处指酒。

③赛强如命悬君手：此起让自己的命运常握在君王

手里要好得多。

④林泉，指隐居的地方。

⑤混江龙：曲牌名。

⑥谒，拜见。

⑦樽，古代的酒器。

⑧数着残棋：计算着没有下完的棋局。

⑨海门，谓由海进入陆地的口岸，狭窄如门。

⑩濯，洗涤。

⑪萦，缠绕。

⑫参透，参悟透彻。

⑬肥马轻裘，肥壮的大马和轻巧的皮衣。

⑭油葫芦：曲牌名。

⑮洗耳溪边不饮牛：传说尧要聘隐去洗耳，巢父恐怕许由洗耳朵的水弄脏了牛的口，便把牛牵到颍水的上游去饮。

⑯抱官囚，指贪恋禄位者。

⑰褪，脱。占断，占据。谈天口，能言善辩之口。

⑱伍员（yún）即伍子胥。

⑲充瓢学许由：许由隐于箕山，常用手捧水而饮，有人送给他一个瓢，他才用瓢饮水，饮完就挂在树上，风吹水瓢有声，许由感到烦扰，就交瓢抛弃。

⑳山岫（xiù）：山洞。

㉑天下乐：曲牌名。

㉒明放着，明摆着。不到头，不会有好的结果。

㉓两鬓秋，两鬓斑白。

㉔哪吒令：曲牌名。

㉕莺朋燕友：指朋友，多用来喻女子。

㉖龙争虎斗：相互争名夺利特别激烈。

㉗迅指间，一伸手指的功夫。乌飞兔走，乌指太阳，兔指月亮。

㉘假若名利成，至如田园就：如果名利上有了成就，治上了田园。

㉙去马来牛：此处指受君主或上司支使的仆人。

㉚鹊踏枝：曲牌名。

㉛小子，此处指微贱的男人。

㉜倦首：懒堕。

㉝锦带吴钩，古人佩带的锦制丝带和刀剑。

㉞寄生草：曲牌名。

㉟一任教，任凭它。

㊱麻衣，平民的服装。

㊲翰（hàn）林风月：翰林，此处指词坛文苑。风月，喻男女间的情事。

㊳村里迓（yà）鼓：曲牌名。

㊴九重，古代天子所居之处谓之“九重”。

㊵八方宇宙：自由自在的广阔天地。

㊶向尘世外消磨白心昼：向人世之外消磨时光。

㊷紫猿：猿猴。

㊸虬，传说中龙有一种。

㊹倒大来，倒头来。

㊺元和令：曲牌名。

㊻朝市，朝廷。生受，受苦。

㊼玉堂金马此处泛指显要出人之所。

㊽瀛州，传说中的仙岛。

㊾上马娇：曲牌名。

㊿月满舟：言月光洒满船舱。

(51)则待，只等待。

(52)紫箫，紫竹制成的箫。

(53)唳，鹤的鸣叫。

(54)游四门：曲牌名。

(55)唯酒可忘忧：只有酒才能使人忘掉忧愁。

(56)微臣，小臣。

(57)则待一醉解千愁：只等待一醉解去千种忧愁。

(58)后庭花：曲牌名。

(59)旋，旋温，指温酒。蒭，本系滤酒之器，此处指酒。

(60)三岛十洲，及神仙所居处。

(61)公卿万户侯：此处泛指享爱奉禄最丰厚和皇帝以下地位极高的人物。

(62)玄关：佛家语，指入道之门关。

(63)这箫声世间无，天上有：这箫声世上没有，天上才能听到。

(64)强（qiǎng）口：强词夺理。

(65)柳叶儿：曲牌名。

(66)物穰人稠：人口稠集事物扰攘。

(67)难消受：难以承受。

(68)耕耨（nòu）：种田。耨，锄草的工具。

(69)倒大来：倒头来。

(70)赚尾：又名“赚煞尾”，用作尾曲。

⑦世情疏：疏远尘世。

⑦黄封御酒：官酿的酒。

⑦竹杖芒鞋：竹子手杖，草编的鞋。

⑦金山：位于江苏省镇江县西北，系江南胜地。

⑦悠，闲散的样子。

⑦船开在当溜：船顺水流。溜：水流的状貌。

⑦扬州：现江苏省扬州市。

【赏析】

这首套曲是作者的避世思想和消极情绪的集中反映，同时也较为深刻地暴露了元朝仕途的险恶。

从不忽木本人的经历看，并没有辞官隐居山林。他可能对仕途上的种种险恶感慨良深，并且产生了厌烦情绪，因而幻想着过上那种隐居山林，恬淡安适的生活。但他终于没这样做，却跨过了层层艰险，一步步地登上高位。看来，人们的理智与感情，思想与行动，也常常存在着矛盾。每一个人都是十分复杂的啊！

奥敦周卿

奥敦周卿（生卒年不详），亦作奥屯周卿，女真族

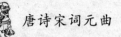

人，生活于元初。他于至元六年（1269）出任怀孟路总管府判官，后为河北河南道提刑按察使佥事。白朴、张之翰都有诗、词赠他，故应与白朴、杨果同时。《全元散曲》存其小令二首，套数一支。

〔双调〕蟾宫曲

西　湖

【原文】

西山雨退云收。缥缈楼台，隐隐汀洲。湖水湖烟，画船款棹，妙舞轻讴。野猿搦丹青画手，沙鸥看皓齿明眸。阆苑神州，谢安曾游。更比东山①，倒大风流。

【注释】

①东山：今绍兴、嵊县一带。是谢安寓所。

【赏析】

此曲以细致之笔，描绘如画的西湖山水。在作者的笔下，野猿与水鸟同画家与美人融为一体，颇有天人合一之概。

最后写出东晋谢安游阆苑的风流逸事，更为这绝妙

丹表凭添了几许浪漫与神韵，有如"万绿丛中一点红"一段，整个意境更富生机，更愉眼目。

太常引①

【原文】

西湖烟水茫茫，百顷风潭，十里荷香。宜雨宜晴，宜西施淡抹浓妆②。尾尾相衔画舫，尽欢声无日不笙簧③。春暖花香，岁稔时康④。直乃上有天堂，下有苏杭。

【注释】

①此曲曲牌，《全元散曲》作（双调·蟾宫曲）。（蟾宫曲）句式一般为：六四四、四四四、七七、四四四。其中第五、六两个四字句，可合并为上三下四的七字句。据此，似以《全元散曲》为是。

②此句，化用苏轼《湖上初晴》："欲把西湖比西子，浓妆淡抹总相宜"诗句。

③笙簧：本指有弹片的管乐器，这里泛指奏乐，或乐声。

④稔（rě）庄稼成熟，这里指丰收。

【赏析】

此曲对换一个角度，取苏轼诗意，描写西湖的又一

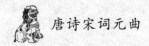

番风光景象。

　　倘若说前一首颇多画意，那么这一首列富音韵，"尽欢声无日不笙簧"真令你如身临其景，而又回味无究。

鲜于枢

　　鲜于枢（1259～1302），字伯机，渔阳（今北京）人。曾任江浙行省都事等职。为人意气雄豪。喜吟讽山林之间，放歌自悦。有《困学杂录》，传世散曲仅存一首套数。

〔仙吕〕八声甘州^①（套数）

【原文】

　　江天暮雪，最可爱青帘遥曳长杠^②。生涯闲散，占断水国渔邦^③。烟浮草屋梅近砌^④，水绕柴扉山对窗^⑤。时复竹篱旁，吠犬汪汪^⑥。

　　〔么〕^⑦向满目夕阳影里^⑧，见远浦归舟^⑨，帆力风降^⑩。山城欲闭，时听戍鼓降降^⑪。群鸦噪晚千万点^⑫，

寒雁书空三四行⑬。画向小屏间，夜夜停釭⑭。

〔大安乐〕从人笑我愚和戆⑮，潇汀影里且妆呆⑯，不谈刘项与小孙庞⑰。近小窗，谁羡碧油幢⑱。

〔元和令〕⑲粳米炊长腰⑳，鳊鱼煮缩项㉑。闷携村酒饮空缸㉒，是非一任讲㉓。恣情拍手棹渔歌㉔，高低不论脑袋㉕。

〔尾〕浪滂滂㉖，水茫茫，小舟斜缆坏桥桩㉗。纶竿蓑笠㉘，落梅风里钓寒江㉙。

【注释】

①八声甘州：南北曲皆有，都属仙吕宫。

②长杠，即长杆。

③占断，占有。

④梅近砌：梅花在台阶的一旁。

⑤柴扉，用柴做的门。

⑥吠犬汪汪：狗汪汪地叫着。

⑦么（yāo）：北曲用语。北曲中连续用同一曲牌时，后面各曲不再重复标明该曲牌名，只写做"么"。

⑧向满目夕阳影里：向着满眼夕阳照射的光影里。

⑨远浦，远处的水岸边。

⑩帆力风降（匠 jiàng）：风吹船帆的力量的减小。

⑪戍，军队屯守边疆。降降，鼓的声音。

⑫噪，群鸦的叫声。千万点，乌鸦密密麻麻一片形成无数的黑点。

⑬书空，大雁飞行时整齐地排列成字形，有如在天空中写字。

⑭停釭（jiāng）：熄灯。

⑮从（zòng）人笑我愚和戆（钢 gāng）：从，即使。愚和戆，愚鲁笨拙。

⑯潇湘，湖南省的两条河名。妆呆，装傻。

⑰刘项与孙庞：刘邦、项羽，孙膑、庞涓。

⑱碧油幢（jiàng）用绿色油帷幕的宫车，指公主的车。

⑲元和令：曲牌名。

⑳粳（jīng）米炊长腰：用长腰米作饭。长腰，米的别名。

㉑鳊（biān）鱼煮缩项：吃长腰米饭，就缩项鱼。

㉒村酒，村家所酿的酒。

㉓是非一任讲：是和非任凭评断。

㉔恣情，无拘无束。棹，船浆，此处泛指船。

㉕高低不论腔：纵情歌唱，不计较腔调高低。

㉖浪滂（pāng）滂，水势壮阔。

㉗小舟斜缆坏桥桩：小船斜缆于旧桥桩上。

㉘纶竿，钓渔竿。蓑笠，用草或棕毛制成的雨衣称蓑，用草或竹编的帽子称笠。

㉙落梅风，阴历五月所吹的春风。钓寒江，在寒江中钓鱼。

【赏析】

　　这首套曲描绘了水乡渔邦秀美的景色，赞扬了渔人逍遥自在的生活，表现了自己隐居生活恬淡自得的情趣。相比之下，他对于纷扰的世事感到厌恶。他甚至宁愿去装呆卖傻，宁愿让人嘲笑他愚昧鲁钝，也不愿去过问人间世事的是是非非曲曲折折。他追求的是"粳米炊长腰，鳊鱼煮缩项。闷携村酒饮空缸，是非一任讲"的超绝尘世的生活，他羡慕的是渔人"恣情拍手棹渔歌"、"纶竿蓑笠，落梅风里钓寒江"的悠闲散淡岁月。这种人生态度是和作者的"懒不耐事，闭门谢客"的生活方式是一

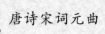

致的。事实上，这也是作者对当时腐恶社会的一种消极反叛——他所争取的乃是一种绝不与之合流的态度。

关汉卿

关汉卿（约1242～1320前），号已斋叟，汉卿是他的字，本名不详，大都〔今北京〕人。曾任太医院尹。与戏曲作家杨显之，散曲作家王和卿、杂剧女演员珠帘秀等交游，系大都杂剧写作组织玉京书会的最重要作家，亦是我国古代最伟大的戏剧家。一生创作杂剧六十多种，现存的有《窦娥冤》、《救风尘》、《拜月亭》、《望江亭》等十三种。另有小令五十七首，套数十三篇。

〔南吕〕四块玉

别 情

【原文】

自送别，心难舍，一点相思几时绝。凭阑袖拂扬花

雪^①。溪又斜，山又遮，人去也。

【注释】

　　①杨花雪：白色的杨花纷纷飘落，有如下雪。

【赏析】

　　此曲写妇女对情人的相思之情。女主人公送别自己的情人后，心中难舍，痛苦欲绝。又登高远望他离去的背影，但终被关山阻隔，这更使她肝肠寸断，在此处，外在自然景物并非主人公心情的寄托，它只是更加强化了主人公内心的孤寂与苦闷。

　　这也是关汉卿自身性格的真实写照。语词平易，读之摧人泪下。

〔双调〕大德歌^①

春

【原文】

　　子规啼，不如归^②，道是春归人未归，几日添憔悴^③。虚飘飘柳絮飞，一春鱼雁无消息^④，则见双燕斗衔泥^⑤

【注释】

　　①大德歌：大德，元成宗年号（1297～1307）。大德

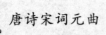

歌系关汉卿在大德年间创作的新周调。

②子规帝，不如归：子规啼声很像人说"不如归"，容易引起离人的乡愁。

③憔悴，没有精神的样子。

④鱼雁，书信的代称。

⑤则见双燕斗衔呢：只见双燕子争相衔泥筑巢。

【赏析】

以下四首是组曲。标题虽名曰春、夏、秋、冬，但并非单写四季的风光，主要是写一个年轻的妇女在四季中思念远去他乡长久不归的爱人。在表现手法上，作者善于择取四季中有代表特征的自然景物或景观，以烘托离妇在各个季节思念爱人的悲伤心情。

在这第一首"春"，作者就选择了"子规啼"、"柳絮飞"、双燕斗衔泥"这些春日必有之景象，以烘托离妇在春日里的愁绪。尤其是"双燕斗衔泥"句，化用白居易之诗句，更使人联想到一个孤单独处的妇女，看到梁间燕子双双亲昵地衔泥筑巢，必将引发联想与对比，更加触景伤情，从而使行她自己独处的凄苦加浓加重。

〔双调〕大德歌

夏

【原文】

俏冤家①，在天涯，偏那里绿杨堪系马②。困坐南窗下③，数对清风想念他④。蛾眉淡子教谁画⑤？瘦岩岩羞戴石榴花⑥。

【注释】

①俏冤家：此处指远在天涯的爱人。

②偏那里绿杨堪系马：偏是那里的绿杨能够拴住你的马？此系怨词，恨她爱人久离不归。

③困，没精神的样子。

④数对清风想念他：思念他，对着清风计算他离去有多少日子。

⑤蛾眉，弯而长的眉毛。

⑥瘦岩岩羞戴石榴花：脸瘦得露骨羞戴石榴花。

【赏析】

在这首"夏"中，作者选取了"绿杨"、"石榴花"

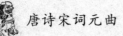

做为夏日的特征，用来烘托人物内心思念的深切与痛苦。

这首的重点句是"蛾眉淡了教谁画"，通过汉朝张敞为妻子画眉的故事，使人推想出他们夫妇平日的相亲相爱，而今日眉毛淡了已无人再给她描，甚至看到自己瘦岩岩的面容都羞戴石榴花。所谓"女为悦己者容"，丈夫不在身旁，梳妆打扮也变成毫无意义了。

〔双调〕大德歌

秋

【原文】

风飘飘，雨潇潇，便做陈搏睡不着①，懊恼伤怀抱，扑簌簌泪点抛。秋蝉儿噪罢寒蛩儿叫②，淅零零细雨打芭蕉。

【注释】

①陈搏：宋时人，曾在华山修道，经常长眠百日不起。这句是说思人心切，即使做了陈搏也难以安眠。

②秋蝉儿噪罢寒蛩儿叫：白天秋蝉不断地鸣叫刚罢，蟋蟀接着在夜间又叫个不停。

【赏析】

　　因为写秋令闺怨，所以从秋风秋雨写起，抓住富有季节特征的景物：风声、雨声、虫声，来衬托女主人公的孤独寂寞和难以言喻的久别之苦。

　　曲子由物及人，又由人到物，以秋雨芭蕉作结，情景交融，表现了闺中少妇绵绵的离愁。

〔双调〕大德歌

冬

【原文】

　　雪纷纷，掩重门，不由人不断魂①，瘦损江梅韵②。那里是清江江上村③，香闺里冷落谁瞅问？好一个憔悴的凭栏人④。

【注释】

　　①断魂，形容人极度悲伤。

　　②瘦损江梅韵：瘦损了如梅妃那样的风韵。江梅，唐玄宗的妃子梅妃。她本姓江，因爱梅，玄宗赐名梅妃。

　　③此句是写离妇遥望远处的景象。

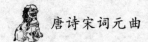

④此句是离妇在大雪纷飞中倚着楼栏，面容憔悴地翘望远人的归来。

【赏析】

这首"冬"用"雪纷纷，掩重门"表示冬天的季节，以梅妃的故事作比，表明思妇由于怀念丈夫瘦损了自己的容颜，失去了往昔的风韵。

重点句则是最后的"好一个憔悴的凭栏人"。

在大雪纷飞，家家紧闭重门这样严寒的日子里，若非思念难耐，怎能冒雪凭栏遥望方归人呢？在漫天风雪中，唯有她依栏远望、凝思，这种思念之情是何等的深沉啊！严冬也是封杀不了的啊！

〔双调〕沉醉东风

【原文】

咫尺的天南地北，霎时间月缺花飞①。手执着饯杯，眼阁着别离泪②。刚道得声"保重将息"③，痛煞煞教人舍不得。④。"好去者⑤，望前程万里！

【注释】

①咫（zhǐ）尺，距离很近，此处借指情人的亲近。

月缺花飞，此喻情人的分离。

②阁：同"搁"，放置，此处指含着。

③将息：调养身体。

④痛煞煞：非常悲痛难过。

⑤好去者：好好地去吧。者，此处系语气词。

【赏析】

此曲描写一个女子为情人饯行的情景：先用比喻手段叙说两人的即将别离，"咫尺的天南地北"，以"咫尺"之近与"天南地北"之远的强烈反差，痛说别离后要发生的千山万水的阻隔；"霎时间月缺花飞"，以美好的"月"与"花"霎时间将在视觉中消失，形容这长别离对美妙的爱情生活的摧残。接着，女子含泪举杯，言语欲喧，殷切嘱咐，诚恳祝福。而所有这一切，都是在强忍巨大悲痛的情况下进行的。这更昭示出女主人公多情、善良的心地和近于大家风范的气质：她没有只陷于叙说已之哀痛，在这悲痛欲绝之时，她还在关心着夫君的健康与前程。

刻画极为细腻、缠绵，感情真挚动人。

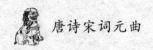

〔双调〕碧玉箫

笑语喧哗

【原文】

笑语喧哗，墙内甚人家？度柳穿花①。院后那娇娃，媚孜孜整绛纱②，颤巍巍插翠花③，可喜煞，巧笔难描画。他，困倚在秋千架。

【注释】

①度柳穿花：在花柳之间穿行玩耍

②媚孜孜整整绛纱：美滋滋地整理绛色纱巾。

③颤巍巍插翠花：头上插着颤巍巍翠玉镶的花。

【赏析】

此曲即景写实，作者经过一家墙外，听到墙内有笑语喧哗声，想探听墙内究竟是何许人家。于是探头向墙里一看，正有几个娃娃在玩耍。

作者用简约的笔墨，却色画出三场景：开头三句是写几个娃娃在花柳间一边跑着一边说笑，这是一个场景。下五句是写在院后又看到一个小姑娘正在整理绛色纱巾，头上还插一支颤巍巍的翠花，姿态娇媚，使作者惊叹"巧笔难描画。"这是第二个场景。最后两句是写一个娃娃，打秋千累了，倚在秋千架上休息。这是第三个场景。

作者把这三个场景有机地联结于一，有如今日电影之"蒙太奇"手法，构成一幅令人喜爱的富有动态感和连续性、移动性的娇娃嬉戏图，给人以轻喜剧般地审美愉悦。此曲展现了关汉卿创作风格的多姿多采。

〔南吕〕一枝花

不伏老（套数）

【原文】

攀出墙朵朵花，折临路枝枝柳①。花攀红蕊嫩，柳折翠条柔②。浪子风流③，凭着我折柳攀花手，直熬得花残柳败休④。半生来折柳攀花，一世里眠花卧柳。

〔梁州第七〕我是个普天下郎君领袖⑤，盖世界浪子班头⑥。愿朱颜不改常依旧，花中消遣，酒内忘忧；分茶㩚竹⑦，打马藏阄⑧，通五音六律滑熟⑨，甚闲愁到我心头。伴的是银筝女，银台前，理银筝，笑倚银屏；伴的是玉天仙，携玉手，并玉肩，同登玉楼；伴的是金钗客，歌金缕，捧金樽，满泛金瓯⑩。你道我老也，暂休，占排场风功名首，更玲珑又剔透⑪。我是个锦阵花营都帅头⑫，曾玩府游州。

〔隔尾〕子弟每是个茅草岗、沙土窝、初生的兔羔儿乍向围场上走

⑬，我是个经笼罩、受索网、苍翎毛、老野鸡蹓踏的阵马儿熟⑭。经了些窝弓冷箭蜡枪头⑮，不曾落人后。恰不道"人到中年万事休"⑯，我怎肯虚度了春秋⑰。

〔尾〕我是个蒸不烂、煮不熟、捶不扁、炒不爆、响珰珰一粒铜豌豆。恁子弟每谁教你钻入他锄不断、斫不下、解不开、顿不脱、慢腾腾千层锦套头⑱。我玩的是梁园月⑲，饮的是东京酒⑳，赏的是洛阳花㉑，攀的是章台

柳^②。我也会吟诗，会篆籀^㉓；会弹丝，会品竹^㉔，我也会唱鹧鸪^㉕，舞垂手^㉖；会打围，会蹴踘^㉗；会围棋，会双陆^㉘。你便是落了我牙、歪了我口、瘸了我腿、折了我手，天赐与我这几般儿歹症候^㉙，尚兀自不肯休^㉚！则除是阎王亲自唤，神鬼自来勾，三魂归地府，七魄丧冥幽，天哪！那其间才不向烟花路儿上走^㉛！

【注释】

①出墙花、临路柳：多用来暗指被玩弄、遭践踏的娼优一类女性。

②红蕊嫩、翠条柔：比喻歌妓的年轻貌美。

③浪子风流：指有才学但放荡不羁而无正当职业的人。

④休：语助词。

⑤郎君，此处指花花公子之类。

⑥浪子：浪荡公子。班头，即头领。

⑦分茶，斟茶待客。祍竹，画竹。

⑧打马藏阄（jiū）：两种博戏。

⑨五音六律：泛指音乐。滑熟：非常熟悉。

⑩金钗客，指歌妓。金缕：即《金缕衣》歌曲名。金瓯：华贵的酒杯。

⑪"占排场"三句：大意是说要成为花柳场中的首领必须非常灵活敏捷。

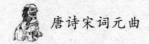

⑫锦阵花营：指歌台舞榭和其它冶游场所。都帅头：总首领。

⑬子弟，此处指嫖客。每，同"们"。乍：刚。围场：圈起来供打猎的场地。

⑭受索网：被绳子网络捕捉。苍翎毛：苍老的羽毛。蹓踏：奔走践踏。

⑮"经了些"句：经受过明枪暗箭的攻击。窝弓：藏在草丛等处用来打猎的弩弓。蜡枪头：此处指攻击、中伤人的矛头。

⑯不道，不顾。

⑰春秋：指年龄。

⑱恁（nín），您。套头，即套子。

⑲梁园，汉代梁孝王所建，在今开封市附近。

⑳东京，今河南省开封市。

㉑洛阳，以产牡丹花著名。

㉒章台，汉代都城长安之街各，娼妓聚居地。

㉓篆籀（zhòu）：汉字的一种书体，此处泛指古文字。

㉔品竹：吹奏管乐器。

㉕鹧鸪，曲调名。

㉖垂手，舞蹈名。

㉗蹴踘（cù jū），古代踢球游戏。打围，打猎。

㉘双陆：古代一种赌博游戏。

㉙歹症候：恶疾，此处指嗜好上述各种技艺。

㉚兀自，还是。

㉛那其间：那时候。

【赏析】

此篇作品实际上是关汉卿自身经历的投影，是关汉卿不与世俗同流合污、"蒸不烂、煮不熟、捶不扁、炒不爆、响珰珰一粒铜豌豆"的坚韧倔强性格的写照。此作鲜明地表现了关汉卿的反抗精神，它与统治者层势不两立的反传统立场。通俗的语言，夸张的手法，幽默的反语，不独为此作凭添了艺术魅力，而且扩大了它的接受层面。

〔南吕〕一枝花

杭州景（套数）

【原文】

普天下锦乡乡，寰海内风流地①。大元朝新附国②，亡宋家旧华夷③。水秀山奇，一到处堪游戏④，这答儿忒富贵⑤，满城中绣幕风帘，一哄地人烟凑集⑥。

〔梁州第七〕百十里街衢整齐，万余家楼阁参差，并无半答儿闲田地⑦。松轩竹径⑧，药圃花蹊⑨，茶园稻陌⑩，竹坞梅溪⑪。一陀儿一句诗题，行一步一扇屏帏⑫。西盐场便似全带琼瑶，吴山色千叠翡翠⑬。兀良望钱塘江万顷玻璃⑭。更有清溪、绿水，画船儿来往闲游戏。浙江亭紧相对，相对着险岭高峰长怪石，堪羡堪题。

〔尾〕家家掩映渠流水⑮，楼阁峥嵘山翠微⑯，遥望西湖暮山势。看了这壁，觑了那壁，纵有丹青下不得笔⑰

【注释】

①寰海内，此处指整个中国。风流地，指风光美好的地方。

②亲附国，这篇套曲写于南宋亡后不久，故称南方为"新附国"。

③"亡宋家"句：意为杭州是被灭掉的南宋王朝的旧领土。

④一到处：所到之处。堪：可以。

⑤这答儿：这地方。

⑥一哄（hòng）地，人多嘈杂的样子。

⑦半答儿，半点儿，半快。

⑧松轩：松下的长廊。

⑨蹊（xī），小路。

⑩陌（mò），田间小路。

⑪坞（wù），周围高而中凹的地主。

⑫一陀儿，一快、一处。屏帏，有图画的屏风。

⑬琼瑶、翡翠，均指美玉。

⑭兀良，也作兀剌，语助词。

⑮掩映，彼此遮掩，互相衬托。

⑯峥嵘，形容楼阁的高峻突出。翠微，此处指青翠的山峰。

⑰丹青，此处指画家。

【赏析】

此曲是一首写景套曲，运用铺叙手法，写景细腻生动，善于抓取富有特征的事物而予以集中表现，而鲜明的景物描写又与浓烈的感情抒发水乳交融，将读者带进了西湖胜景，也带入了作都真情。

〔大石调〕青杏子

离情（套数）

【原文】

残月下西楼，觉微寒轻透衾裯①，华胥一枕锻跹觉②。

蓝桥路远。③吴峰烟涨④，银汉云收⑤〔么〕⑥天付两风流⑦，番成南北悠悠⑧。落花流水人何处⑨？相思一点，离愁几许，撮上心头⑩。

〔荼𧃲花〕记得初相守⑪偶尔间因循成就⑫，美满复绸缪⑬。花朝月夜同宴赏，佳节须酬⑭，到今日一旦休。常言道好事天悭⑮，美姻缘他娘间阻⑯，生拆散鸾交凤友⑰。

〔么〕坐想行思，伤怀感旧，各辜负了星前下深深咒⑱。愿不损⑲，愁不煞⑳，神天还祐。他有日不测相逢㉑，话别离情取一场消瘦㉒。

〔好观音煞〕与怪友狂朋寻花柳㉓，时复间和哄消愁㉔，对着浪蕊浮花懒回首㉕，怏怏归来，原不饮杯中酒㉖。

〔尾〕对着盏半明不灭的孤灯双眉皱，冷清清没个人瞅，谁解春衫纽儿扣㉗。

【注释】

①衾裯（qīn chóu），被褥。

②华胥，《列子·黄帝》篇称"黄帝昼寝，而梦游于华胥氏之国，其国无长帅，其民无嗜欲，自然而已。"此处是错用这段记载表示做了一场虚无的梦。萮跧（wān quán）指弯跧着腿。

③蓝桥路远，此处是说自己离情人路远不得得相见。

④吴峰，此处是泛指离人眼前看到的山峰。

⑤银汉，即银河，此处泛指高空。

⑥么（yāo）：同前调的意思。

⑦天付两风流：天生两人都风流。

⑧番成南北悠悠，反而变成南北长久不能相见的离人。

⑨落花流水，指春天已经过去。

⑩撮上：涌上。

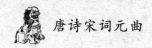

⑪初相守：最初在一起。

⑫偶尔间因循成就：有时候顺情合欢。

⑬美满夐绸缪：美满的欢情象《诗经·绸缪》所描写的那样缠绵。

⑭佳节须酬：每逢佳节必定相约欢聚。

⑮悭（qiān），吝啬。

⑯美姻缘他娘间阻：美满的婚姻他娘从中阻挠。

⑰生拆散鸾交凤友：活生生地拆散了鸾凤般的美好姻缘。

⑱这句的意思是，辜负了两人在星前月下立下的誓言。

⑲愿不损：相爱的愿望毫不减少。

⑳愁不煞：愁也阻止不了我们两人的爱情。

㉑句的意思是，有一天意想不到地遇到一起。

㉒这句的意思是，谈一谈离后的相思之情甘愿因此落得更加消瘦。

㉓花柳，指妓女。

㉔时复间和哄消愁：有时候大家故意起哄以消愁。

㉕浪蕊浮花，指妓女。

㉖以上两句的意思是，从妓院归来，心情抑郁，不愿借酒消愁。

㉗这句的意思是，没有人来给解开纽扣同床共寝。

【赏析】

这篇套曲是写一对恋人由于女方母亲的阻挠，而被分隔开来所引起的悲哀与痛苦。

此作笔触婉转细腻，深刻地表现出被拆散了的离人的悲愤心情。

作者大胆地提出"美姻缘他娘间阻，生拆散鸾交凤友"，向封建家长制和封建意识形态提出抗议，这在封建社会里甚为罕见。表现了关汉卿进步的思想立场。

卢　挚

卢挚（1235～1300），字处道，一字莘老，号疏斋，又号嵩翁，涿郡（今河北涿州）人，家居河南。他累官集贤学士中大夫、湖南岭北道肃政廉访使、翰林学士承旨等。晚年寓居宣城（今属安徽）。他是元初的著名文学家，诗与刘因齐名，文与姚燧并称，散曲更负盛名。他平生游宦，晚岁闲居，亲历各处风光，交接各色人物，所作散曲以游宴、酬赠、纪行、写怀之作为多，风格清新雅正。贯云石在《序〈阳春白雪〉》中谓"疏斋之词妩

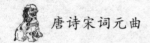

媚，如仙女寻春，自然笑傲"。著有《疏斋集》。《全元散曲》存其小令一百二十首，残小令一。

〔双调〕寿阳曲

夜忆

【原文】

窗间月，檐外铁①，这凄凉对谁分说②。剔银灯欲将心事写③，长吁气把灯吹灭。

【注释】

①铁：即檐马，檐间悬挂的铁片，风吹动时会发出声音。

②分说：把事实真相说清。

③剔银灯：将灯挑亮。

【赏析】

明月当窗，檐铁作响，无限凄清，更引起深沉的思念。把灯挑亮，打算将心事抒写，忽然长叹，又将灯吹灭。小令委婉含蓄地描写了抒情主人公心事的凄凉、沉重，将灯挑亮而又吹灭，更揭示出他在凄楚的夜晚，无法打发悲哀的矛盾心情。

〔双调〕沉醉东风

秋 景

【原文】

挂绝壁松枯倒倚，落残霞孤鹜齐飞①。四围不尽山，一望无究水。散西风满天秋意。夜静云帆月影低，载我在潇湘画里②。

【注释】

①鹜，野鸭。

②此处指精工的山水画。宋朝沈括《梦溪笑谈》载："度支员外郎宋迪，工画，尤善为平远山水，其得意者，有平沙落雁、远浦归帆、山市晴岚、江天暮雪、洞庭秋月、潇湘夜雨、烟寺晚钟、渔村夕阳，谓之潇湘八景。好事者多传之。"

【赏析】

这是一篇意境优美的写景曲，描绘在满天秋意里行舟潇湘的观感，没有丝毫苍凉萧瑟的秋感，而是一片澄

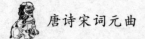

澈空明的心境。诗人用白描笔法，抓住特别景物，绘制了潇湘秋景图，气象清朗空阔，意境潇洒飞动，不啻宋迪笔下的山水名画。末两句中"我"与景融在一体，达到物我两忘的境界。

〔双调〕蟾宫曲

萧 娥^①

【原文】

晋王宫深锁娇娥，一曲离筚，百二山河^②。炀帝荒淫，乐陶陶凤舞鸾歌。琼花绽春生画舸，锦帆飞兵动干戈^③。社稷消磨^④，汴水东流，千丈洪波。

【注释】

①萧娥：隋炀帝杨广的皇后萧氏。

②"一曲离筚"二句：意思是隋炀帝虽有以二敌百的坚固山河，最终还是亡国"萧后也流离塞外，只能以悲筚寄托哀思。百二，以二敌百。一说是百的二倍。

③"琼花"二句：意思是隋炀帝乘着用锦作帆、装饰华丽的大舟，去场州游春，观赏琼花，终于导致隋朝

的灭亡。

④社稷：指土地神和谷神。

【赏析】

以当年荒淫奢耻与今朝败亡作比，加大了表现力度。而以贵为皇后的萧娥的悲惨结局起篇，使兴亡之叹更加沉重。

〔双调〕落梅风

别珠帘秀歌者①

【原文】

才欢悦，早间别②，痛煞煞好难割舍。画船儿载将春去也③，空留下半江明月④。

【注释】

①珠帘秀：元代著名女伶。

②早间别：很快就离别。

③载将春去也：意思是说她乘的船把他们聚会的欢乐也给带走了。

④意思说她走后他只能伴同半江明月。

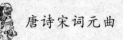
【赏析】

这是一支送别曲。作者与珠帘秀感情诚笃，在她要到别处时，他前往送行依依不舍。他觉得今后只有关江明月与己为伴，实在凄清难耐。这里虽不乏当里文人追逐声色的因子，但那感情的真挚与深厚，却绝非是纨绔子弟之流能望其项背的。

〔双调〕蟾宫曲

钱塘怀古①

【原文】

问钱塘佳丽谁边②？且莫说诗家：白傅坡仙③。胜会华筵，江潮鼓吹，天竺云烟④。那柳外青楼画船，在西湖苏小门前⑤，歌舞留连。栖越吞吴，付与忘言⑥。

【注释】

①钱塘：此处指杭州。

②问钱塘佳丽谁边：此处是借"佳丽暗喻南宋首都临安——杭州，感慨杭州已无首都气象。

③白傅：即白居易，坡仙：指苏东坡。

④天竺（zuú）：西湖附近山名。

⑤苏小：南齐时钱塘名妓。

⑥栖越吞吴，付与忘言：勾践卧薪尝胆灭吴复仇的事，今天的游人早已忘掉了。

【赏析】

这支曲写作者在杭州西湖看到一些游人华筵胜会，留连忘返的情景，引起他的抚今追昔之情。杭州本是南宋的首府，元军却从这里灭掉了宋朝，使全民族遭到史无前例的劫难。然而今天的游人只知寻欢作乐，早已忘掉越王勾践就在这里与国人同心协力，发愤图强终于灭掉吴国，洗雪耻辱。作都目睹比情此景感到故国恢复无望，因而无限感伤。这支曲的中心思想正在此。

〔双调〕沉醉东风

闲 居

【原文】

恰离了绿水青山那搭，早来到竹篱茅舍人家。野花路畔开，村酒槽头榨，①直吃的欠欠答答。醉了山童不劝

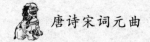
咱，白发上黄花乱插^②。

【注释】

　　①槽头：古代家酿酒，将来发酵后放在木制的酿器中压榨，由槽头缓缓流出。此句是说村酒在槽头上压榨着。

　　②"白发"句：头上插菊花是雅事，唐杜牧《九日齐山登高》："尘世难逢开口笑，菊花须插满头归。"这里指诗人醉后放达无物的形象，正如苏轼《吉祥寺赏牡丹》"人老簪花不自羞，花应羞上老年头"诗句。

【赏析】

　　闲居生活，是元曲家们热情歌颂和向往的。这首曲写秋日闲居，诗人信步闲游，青山绿水、竹篱茅舍、野花村酒等田园景色——聂入眼帘，诗意盎然。而诗人充分享受自然美景的欢快，无拘无束的身心的自由状态，醉酒后洒脱狂放的情怀，充满情趣。

　　作者抒写自己隐居生活中的诸多乐趣：种瓜与浇麻，关心生产，关心老农与庄稼。既有生活情调，又有社会内容，昭示出作者积极向上的生活态度，也表现出他不满当年时局的心绪。

〔双调〕蟾宫曲

寒食新野道中①

【原文】

柳濛烟梨雪参差②，犬吠柴荆③，燕语茅茨④。老瓦盆边，田家翁媪⑤，鬓发如丝。桑柘外秋千女儿⑥，髻双鸦斜插花枝⑦。转盼移时⑧，庆叹行人，马上哦诗⑨。

【注释】

①寒食：节名，在清明前两日。

②参差（cēn cī）不齐样子。

③柴荆，柴门。

④茅茨（eī 词），茅檐。

⑤媪（ǎo）年老的妇人。

⑥柘（zhè），常绿灌木，叶可喂蚕。

⑦髻双鸦，两个发髻象乌鸦羽毛那样黑。

⑧盼（miàn）斜视。移时，一会儿。

⑨哦（é）：低声吟咏。

【赏析】

此曲抒写作者在清明前在新野道中看到的农村景象。

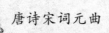

开头三句是写自然景色。接着是写老年人的悠闲在生活。"桑柘"两句是写孩子们的快乐生活。最后三句是写作者看到这些景名象后，感到无比的喜悦，情不自禁地"转眄移时"，在马上不住吟诗称颂。

这支曲。写得景象喜人，表现出作者对农民情有深厚的感情和浓烈的平民意识。这在当时的官员中并不多见。

珠帘秀

珠帘秀（生卒年不详），本姓朱，根据关汉卿、卢挚等人给她的赠曲来估计，她和他们是同时期的人。她是当时有名的女伶人，擅演花旦、软末等各种角色。也能自制散曲，但留传下来的作品甚少，《全无散曲》中只存有小令和套曲各一首。

〔双调〕落梅风

答卢疏斋

【原文】

山无数，烟万缕，憔悴煞玉堂人物①。倚篷窗一身儿活受苦，恨不得随大江东去②。

【注释】

①玉堂：汉侍中有玉堂署。宋太宗在淳化年间，曾赐给翰林院"玉堂之署"匾额，后世即以玉堂称翰林院。卢挚官至翰林学士承旨，故称其玉堂人物。

②这里用苏轼《念奴娇》词"大江东去"句，意思是说恨不得投江而死。

【赏析】

此曲是珠帘秀临行时收到卢挚的赠别曲后，以原调回答卢挚的。在曲中一方面对卢挚表示感谢，另一方面倾吐了自已做歌女的悲愤。这支曲子以江边乘船待发时为背景。山峰重叠，炊烟缕缕，景象有些暗淡的，气氛未免苍凉。这正表示了自已此刻的内心情绪。"憔悴煞玉

堂人物"是与卢曲"痛煞俺好难割舍"的相回应。"倚篷窗一身儿活受苦"是对卢曲"画船儿载将春去也"的唱酬。卢句是说她走后把欢乐也带走了；珠句则说明歌女伶人给别人的欢乐是用自身的痛苦作铺垫。"倚篷窗一身儿活受苦"正是对这种屈辱人的生活的描述。最后一句"恨不得随大江东去"是对卢曲"空留下半江明月"的回应，卢曲说她走后自己剩下的是冷清与寂寞，而珠帘秀表示的却是恨不得投身江流，彻底结束这种屈辱的生活。

1948